BRANKA TAKAHAŠI

Voz sa Krima, ženska spavaća kola

クリミア発女性専用寝台列車

高橋ブランカ

未知谷

目次

クリミア発女性専用寝台列車《プラツ・カルト》

ピカソで夕食を

浅くて濁った朝方の眠りの中、ドリナは窓外の木の枝で喧《やかま》しく囀《さえず》る鳥の声を聞いていた。鳥はしばらく長く「ティーイ……ティーイ……ティーイ」と鳴いてから、急に興奮して「ティティティッ」と短く鳴くと、飛んで行った。「揺れるぞ」とドリナはこころの中で言った。ひょっとして、声に出したかもしれない（最近は頭の中の出来事と実際の出来事との区別が怪しくなってきた）。でも今回は多分、声に出したのでしょう。ドリナの夫が「ウーム」と反応したから。その「ウーム」の意味は「そう、きっと地震だろう」とも「地震ばかり気にしないで、ゆっくり寝かせて」とも捉えられる。

「あなた、起きて！」

七時になろうとしていた。夫は仕事に行く時間だ。息子の通学の時間も迫っている。あの子を起こすには二人の怖いドリナと三人の優しい夫が力を合わせる必要がある。至難の業だ。ドリナはベッドに坐り、夫の背中を揉みながら、あの神経質な鳥に起こされる前に見た夢の話をした。

「髪がクリクリで、銅の色になってね、シャーシャーと音がするの。撫でると、シャーシャー音が出るのよ。何だろうね？」

それは修辞疑問だった。答えを期待したわけではない。ましてや科学的な答えを。夢判断などには、ドリナは何の科学性も認めていなかった。たとえベッドに夫の太郎ではなくフロイトその人が横たわっていたとしても、この夢の意味を知りたくて「何だろう？」とは訊かなかっただろう。ただ単に話しかけて、夫の頭を活性化するきっかけだった。そうしないと、太郎はすぐにまた眠ってしまう。

返ってきた返事はいかにも太郎流だった。

「シャーシャーって？　あぁ、そこそこ……左の肩甲骨の辺り、もうちょっと強く、そうそう……。シャーシャーって？　明らかだよ——お金が手に入るってこと」

夢の彼女に、髪の毛の代わりに頭から川が流れていたとしても、同じこと——お金が手に入る。壺を割ったとしても、それもまたお金を儲ける徴《しるし》だと言う。

ある晩のドリナの夢は……彼女がいる高層ビルに三つの台風——赤と青と黄色の台風（「ええ、台風には色が着いていた？」「そう！　私も夢を見ながらその鮮やかさにびっくりした」）が猛スピードで近付いて来て、彼女のいるビルを真っ二つに折った。ドリナはビルのてっぺんから落ちる、落ちる、落ちる……その永遠に落下する夢を話すドリナの強い手に揉まれながら、「ア〜」とか「オ〜」と悲鳴を上げたり、「腰は肘でやって」と指示を与えたり、そして、いつもと変わらない夢判断をした——間違いなく金銭的に得をすること。

太郎ほどお金の話をする人はいなかった。また太郎ほどお金をのんきに手放す人もいなかった。お金がある——よし。お金がない——よし。宝くじに当たったら手に入る。結婚生活十七年、宝くじで当たった総額は銀座のそこそこのレストランで二人で食事ができるぐらいだった。夫の金儲けの話も彼女の夢判断と同じ、儀式のための儀式に過ぎなかった。

今朝「お金が手に入る」を聞いたとき、ドリナの心臓はぎこちなくスキップした。実は今日、四万円を手放す予定だ。それが待ち遠しかった！　でもまずは二人のオトコを仕事と学校に見送らなければならない。

大きいオトコは言葉で何とか説得できるが、小さいオトコには違うアプローチが必要である。お尻を叩いても起きない。次には十二歳の全身を手荒に揺らす。最後はパジャマの襟もとに氷を入れる。毎朝フルコースではないが、しばしば氷の段階まで達する。

二人の起床に成功すると、ドリナは人参、ほうれん草、リンゴとバナナのスムージー、そして朝食を作り、コーヒーを淹れる。人参とほうれん草の間に「直己、ソファーで寝るな！」と叫ぶ。バナナの皮を剥きながら「太郎、今日中にシャワーから出るつもりある？」と急かせる。トルココーヒーのために豆を細かく挽くミルの取手を回しながらトースターでパンを焼き、ソファーで眠そうにしている息子に話しかける。

「直己、片方の靴下を履くのに何時間かかるの？」

一方の目でチラチラとテレビを見て――《このまま天気が持つなら午後は洗濯機を回そう》――携帯のメールを書く――《はい、直己は明日のサッカー練習に参加します》《次回の育成会の定例会は今月の二十四日です。是非ご出席ください》

コーヒーをカップに注ぎながら、ふっと気付いた――最初のメールを違うアドレスに送ったかもしれない。確認する《あら、本当だ……いやだぁ》。松本さんに送るべきだったのに、松村さんに送信してしまった。《直己は明日のサッカー練習に参加します》を見たら、松村さんはさぞ驚くだろう。仕事で二、三回しか会ったことがなくて、子供については何も訊いていないし、息子がサッカーをやっていることは全く知らないのだ。

「しまった……眼鏡を掛けないと全く見えない」ブツブツ言いながら、どこに置いたか忘れた眼鏡を探して松村さんに言い訳のメールを書く。メールを作成しながらテラスの方に、夫のタオルを取りに行った。夫も息子も、お風呂に入る時に必ずタオルを忘れる。ま、ね、タオルなんか考える必要はない――ママは腕が実は六本もあるんだから……。「甘やかしすぎたな～」と言いながらメールを送信する。

メールの送り先を間違えるのも無理はない。朝のバタバタ、そして行方不明の眼鏡。でも何より原因は慢性的にこれもあれもやること、ここにもあそこにもいることだ。ドリナの半分は日本（父の国）に、半分はセルビア（母の国）にあり、そして三つ目の半分（はい、半分が二個以上あることは数学上ありえない、それでも……）はアメリカで《フル》に生きていた。英語の本を読み、ボストンとニューヨークに住んでいる友人と文通し、英語圏の国々の文化的政治的な出来事を把握する。英語の翻訳、通訳の仕事には必要不可欠だった。しかし、それでもまだ今朝のメール事件の説明にはなっていない。今日のドリナは神経質だ。今日すべきことの細かい計画を立ててはいるものの、リラックスはできない。

ドリナは六日前に息子の学校のバザーで中古のバッグを買った。バザーは生徒が家や近隣から新品あるいはほぼ未使用の品物を集めて来て、ＰＴＡのメンバーがそれを分類する——おもちゃ、食器、スポーツ用具、ちょっとした家具、乳母車とベビーベッドなど……。しかる後に値段を決める。全てとても安い。集まったお金は学校の備品などに回される。バザーは一種の蚤の市だが、物品提供者の収入にはならず、提供者の名前も顔も知られない。

この売買の目的は、各家庭の不用物を活用することだ。最終的にみんなが得をしている。ドリナはそこで赤茶の革製ハンドバッグを見つけて、欲しくなった。シンプルで品のいいデザインの上に、革職人の確かな仕上げ。大きさもちょうど良かった——必要なものが入りきれないほど小さなものでもなく、大きなバッグが小柄なドリナを散歩させているように見えるほど大き過ぎもしなかった。もしお店で買うとしたら、軽く数万円はするに違いないのに、ここでは手書きのタグに「100」と書いてあった。全ては笑えるほど安い値段だと知ってはいたが、念のために確認した。

「百円?」

その机の売り子は直己のクラスメートのお母さんだった。

「そう、たった百円よ。私も目を付けたけど、どっちにするか決められないの——そっちの透明な袋に入っている赤と黒二つのバッグもいいでしょ?」

ドリナもその二つのバッグを見てみた。革ではなかったけど、とてもおしゃれだった。しかも同じく百円! 悩ましいところだ。

「ジャンケンで決めましょ! 後悔しないように」とドリナが提案した。

ジャンケンの結果、ドリナは百円を出してエレガントな革製バッグの新しい持ち主になった。ジッパーを開けて一応中を確認した。中も新品同様だった。

三日間は見るだけで満足していたが、四日目にはバッグに合う服を選んで外出することにした。中に入っていた丸めた新聞紙を出し、携帯電話や財布などの必需品を入れようとして、小さなポケットに気付いた。バザー会場の体育館は照明が弱かったし、そのポケットのジッパーは生地に隠れるように縫い付けられていたので、当初は気付かなかったのだ。新しい発見にドリナは益々機嫌を良くした。

《ラッキー！　ここに薬とナプキンを入れよう。人前で鞄を開けて、皆に月経中だとばれるあの気まずい瞬間はこのバッグの場合はない》ドリナはウキウキしてジッパーを開けた。前の持ち主は、どう見ても、このバッグをあまり使わなかったし、このポケットも活用していなかったようだ。ジッパーは固いし、開け口が狭かったが、ドリナはどうにか中に指を入れた。

しかしポケットは使用されていた。少なくとも一回は。ドリナの指は何かに当たった。開け口を広げたら、目も自ずと開いてしまった。お金！　出して数えてみたら、バッグには一万円のお札が四枚も付いていることが分かった。すぐさま、持ち主に返そうと思った。四万円は決して少ない金額ではない。しかしそれは不可能だった。名簿も何もなく、提供者を知る方法はない。

その次に思った。《誰か》、あるいは《何か》にこころの中でお礼を言えばいい。

《君もお金を無くしたりしたでしょう？》

《した》

《それは誰かが見つけ、身につけたに違いない》

ドリナは光の速度で四万円の使途を決めた。スペインのデザイナー、シビラの靴、そして残ったらモンテルの香水「Chocolate Greedy」。どちらも高価なもので、普通に稼いだお金ではなかなか買う決心がつかない。しかしこのように、まるで天から降ってきた贈り物の場合ならいいじゃないですか、とドリナは思った。日ごろ頑張っている自分へのご褒美として受け入れるべき。

約三十秒、ドリナは白昼夢にふけっていた。彼女はエレガントなハイヒールを履いて、モデルのように左へ右へとヒップを揺らしながら、周りに高級なフランス香水のアロマを放つことを空想していた。そして一瞬のうちに「薔薇色の人生」がムンクの「叫び」に変わった。《偽札に違いない!》どう見てもそうだ。紙は固すぎるし変な感触がする。福沢諭吉の顔色は病的にアオイ、、、。

四枚のお札が全て質の悪い偽物に見えてきたのだった。バッグの前の持ち主は今頃多分、可哀そうな罠にかかった女性が「ワイ、ワーイ!」と喜んでその偽札で何かを買おうとして、「すみません。こちらへお願いします」と言われ、警察に連れて行かれる間そのお札をどうやって入手したかもっともらしい説明を必死に考える姿を想像して楽しんでいるのだろう。

ドリナは衝動的に四万円を捨てるところだったが、冷静になって、まずは主人が毎月持って来てくれるお給料の確実な本物と比べてみることにした。引き出しから本物のお札を出してしばらく観察し、バッグから出てきた四枚のお札をジロジロ見るのだった。《同じような……そうでもないような……神のみぞ知る》

鋏の持ち方とマッサージの外にも、お客さんをエンタテインメントしなければならないと《よし、捨てはしない》とドリナは決めて、美容院に翌日の予約を入れた。
変に訓練された美容師のお喋りを勇敢に耐え抜く。もう少しの忍耐。終わり次第あのお札で払い、本物かどうか試す。レジには偽札発見器も含まれているでしょう。

作り笑顔――引っ切り無しのお喋り――支払い。ドリナは件の一万円を出す。女の子は手に取り、一瞬お札に目を止める。驚き？　疑い？　そしてドリナにおつりを渡して、出口まで送る。これから美容師の女の子は深いお辞儀をして、ドリナが視野から消えるまでその姿勢でいると分かっていた。階段を降り始めてしばらくすると、女の子に呼び止められた。

「鈴木さん！　すみません！」

《ほら、きた……》とドリナは思い、『あたし、世界一まっすぐな人』という顔を作ってから振り返った。美容師の娘は腕を差し出して近付いて来た。

「これは鈴木さんの本ですね？　誰かが上に雑誌を置いたみたいで、同僚が片付け始めて気が付いたんですぅ。『この本は鈴木さんのものに違いない』って。そうですよね？　このような文字は日本語にはないんです。これって、何語ですか？」

「あら、私の本ですね！　ありがとうございました。それでは……あっ、ちなみに、セルビア語です」

女の子はどうやらセルビア語の存在は知らなかったようだ――瞬きをして、照れ隠しの笑みを浮かべた。ドリナには教育する気はなかった。もう一度お礼を言ってその場を後にした。

《フー……》お金はどうも本物のようだ。ドリナは背筋を伸ばして靴屋の方に歩き出した。そこのお店はシビラの靴を取り扱っていた。いや、靴とは言えない！　芸術品そのもの。美容院で髪を仕上げられたばかりで、エレガントな服装をしているドリナこそ、その類いのお店の客であった。しかし、エ、、、レガ、、ン、、ト、、な、、お客様は又もや胸騒ぎがしてきた。《あの一枚だけがたまたま本物で、他は偽札だったりして……》ドリナはスーパーマーケットの方へ曲がった。《もう一枚をチェックしてみよう。それで落ち着く。絶対だよ》とドリナは自分に約束した。買い物をしている三十分の間に高い靴と日本ではあまり知られていない香水が売り切れることはあるまい。

レジが一万円を飲み込んだ時にドリナは微かに緊張をしたのであった。ここで恥をかくことと美容院で恥をかくこととは同じではない。スーパーマーケットははるかに人が多い。幸いに何事もなく代金を支払い、レジの女性は満面の笑みで「またお越しくださいませ」と言ってくれたのだった。

《さ、今度こそリラックス》とドリナは思ったものの、スーパーを出て、今日はシビラの靴を買う運命ではないことを悟った。《食料品たっぷりのレジ袋を両手に持って、高級な靴を買う人はいるぅ？》ちなみに片方の袋からは長ネギがニョロッと首を出していた。《じゃ、今日はやめとく》とドリナは決めて家に向かった。《その方がいい。楽しみはより長く》

少し早送りをして結果をお教えしましょう。ドリナはシビラの靴もモンテルの香水も手に入れる運命ではありませんでした。理由は陳腐なトイレ、そして同じく陳腐な台所の蛇口です。その晩、鈴木家のトイレが詰まってしまったのだ。夫はまだ仕事から帰っていなかったので、ドリナは自分で何とかしようとしてみたが、もう少しで便座を越える所まで溜まった水は一向に引かなかった。水回りの修理は日本では異常に高いけれど、背に腹は代えられない。冷蔵庫に群れている磁石型のカードの中、一つの会社に電話をして修理を頼んだ。

配管工はすぐに来た。玄関で靴を脱いで、鞄から出した上履きに履き替えて、ニコニコしながらトイレまで行った。作業自体は文字通り数分、そして水はちゃんと流れるようになった。直ったことをデモンストレーションして、鞄から小さい持ち運び用の掃除機を出して、汚してもいないトイレのマットを掃除した。それからサイズの大きな分厚い領収証に延々と書き込んだ。ドリナは三回、三枚の違う紙にサインをして、二万円支払った。

《どっちの方を諦めようかしら――靴？　それとも香水？》と、配管工を見送りながらドリナは思った。

次の日に、どういうわけか、流しの上の蛇口が漏り始めてしまった。全てのつなぎ目から！《百年問題なく機能したのに、何これぇ？》ドリナが良心の咎めに勝って自分へのご褒美を許したそのとたん、家中のものが壊れて高価な修理を必要としている。

今度も安く済むはずがないとは分かっていたものの、新しい蛇口とその工事費が六万円かかるとは夢にも思わなかった。驚いたのは彼女だけではない――あの同じ、ニコニコ顔で周りを汚さずに修理をする人が三枚の領収証に記入している間、太郎は驚愕で目も口も見開いたまま立っていた。

ドリナはそれを神様のお咎めの証として受け止めたのだった。《他人《ひと》の四万円を使おうとしたあなた、どうぞ八万お支払い下さい》二倍の恐ろしい請求だけど、不公平さを訴えても仕方がない。相手はダークな何かかもしれない、正義云々を言う場合ではないのだ。ニコニコ顔の配管工さえだんだん悪魔に見えてきた。《復讐の天使だ》と、次々出てくる馬鹿々々しい連想に笑うドリナは、同時に手品のようにお金が無くなるお財布を手に泣きたい気持ちでいたのだった。

一瞬、バッグと四万円（もう手元にはない四万円だけれど）を厄介払いした方がいいのでは、とも思ったのだが、自分らしくもない迷信深さに驚いて、再び冷静に考えた。バッグは質のいいもので、手放したくはない上に入手方法に何ら問題ないから、厄介払いは不合理だ。それでドリナは落ち着いた。

……本当に落ち着いたのか？　一定の考えに辿り着いたという意味では落ち着いたのだが、グローバルな安定感を取り戻したかというと、そうでもないのだった。落ち着いていられるのか、常日頃地面が落ち着かないこの国で？　落ち着いていられるのか、いつ壊れるか分からない配管が何十メートルも張り廻らされていると知っていて？　平気でいられるのか、成長盛りの子供が母親の心配に見向きもしないというのに？　そして世の中はテロリスト、アンチグローバリスト、セックシストがうじゃうじゃしているし……

しかし、絨毯の下に押し込んだ不安のごみを除けば、心はすっきりしていた。人間の手によって作られたバッグと同じく人間の手が入れられたお金のことでもう心配はしていなかったのだ。

夕方は母に電話をした。その時間帯だと母は普段家にいて、二杯目の朝のコーヒーを飲んでいた。日本とセルビアとの時差は冬は八時間、夏は七時間だ。

「チャオ、ママ！　イェシ・元気？」（もしもし、ママ！　ゲンキ？）

「マ、ウグラヴノム・サム・元気、サモ……」（うん、基本的にゲンキだけど……）

母は言葉を終わりまで言わなかった。

ドリナは母といつもセルビア語で話しているが、いくつかの、セルビア語に訳しにくい言葉と言い回しはそのまま日本語で言っている。ドリナの母は長い間日本に住んでいて、二人はいつもそんな風に話している。父はもういないし、母はセルビアに帰ったけれど、母娘は以前のように日本語混じりのセルビア語を話し続けている。

ドリナの誕生とその珍しい名前の由来を記しておこう。

日本のT社の若いエンジニアは三年間セルビアの支店で働いた。当時はまだユーゴスラヴィアだったが。若いエンジニアはその国についてほとんど何も知らなかった。それで多少の不安を感じる一方、夢を抱くことができた。知り尽くしているものには夢の入り込む余地はない。

出発前の慌ただしい時期に一か月セルボクロアチア語の集中コースさえ取った。大した会話力にはならないと分かってはいたが、せめて挨拶と自己紹介、そして買い物とレストランで注文ができるようになりたいと思った。その他に、数少ない日本語に訳されていたユーゴスラヴィアの小説も読んだ。まずはノーベル文学賞受賞者アンドリッチの『ドリナの橋』を。

作品もとても気に入ったが、ドリナという川の名前の響きが……いつまでも耳に残っていた。ユーゴスラヴィアに渡ってそれが女性の名前でもあり得ることを知った。最近は少なくなっているのだが。彼のセルビア人のダーリンの祖母の名前もドリナだと聞いた時に、運命を感じた。妻になる彼女に、もし娘が生まれたら、ドリナと名付けたいと言った。予定通り、一九七三年にクラーレヴォ市の産院で池澤ドリナが生まれたのである。

父の契約終了後、若い家族は東京に引っ越した。三人で仲良く新しい生活を始め、母とドリナは日本語を学んだ。母はドリナほど上達が速くなかったけれど、かなり上手に話せるようになった。数年後にはいい仕事も見つけて、生活はより快適になった。しかしこの小さい家族の幸せは一瞬にして終わった——父の交通事故死。

母はユーゴスラヴィアの家族に帰国を勧められたが、ドリナは日本を離れたくなかった。彼女はすでに一人の人格を備え始めていたのだ。喜んでセルビアの親戚を訪れていたけれど、それは夏休みの間だけ。友達と別れてユーゴスラヴィアの学校に行くなんて論外だった。母も、大きくなった子供の「移植」はトラウマになりかねないことを承知していた。その上に、ユーゴスラヴィアでどうやって生活すればいいか分からなかった。凄まじい経済危機、失業率、そしてナショナリズム——国自体が一体どうなることか、予測することも難しかった。両親は言うまでもなく援助するけれど、その本人たちの日々の生活でさえ水準が低下していたのに、ドリナと母は自分たちのことで更に負担を掛けたくはなかった。一方東京では、精神的には辛かったとは言え、住む家と仕事はあったので、いろいろ検討した結果、残ることになった。十五年後、ドリナが大学を卒業して太郎と同棲し始めた時に、母はマンションを売って両親の死後相続したセルビアの家に帰った。

　母娘はいつもこのように会話をしていた。

「ママ、ヤ・ニュー・ネ・ヴォリム！　オナ・イエ・ずるい……」（ママ、あの子は好きじゃない！　だって、ズルイんだもん……）

「ドリナ、サド・シ・ヴェチ・プレテラノ・我が儘！」（ドリナ、ワガママにも程がある！）

　ドリナが学校から、あるいは母が仕事から帰って来ると、《タダイマ》と言っていた。セルビア語にはこれと同じ意味の一言がないから。同じく、どんなにセルビア語で会話が弾んでいても、食事の前には《イタダキマス》とお互いに言うのだった。

　母がセルビアに帰ってもそうだった。セルビアの祖父母の家で食べ終えるとドリナは母に《ゴチソウサマ》と言っている。実の母に「美味しい食事をありがとうございました」と言ったら大げさで不自然だけれど、《ゴチソウサマ》はいともスムーズに出てくる。

と言うことで、ドリナが電話で「ゲンキ？」と聞いた時に、母は「ゲンキだけど……」と答えた。実は、市場でお財布をすられたとのことだった。

「もう全部買い終えて、お財布にはあまりお金が入っていなかったけど、あなた達の写真を取られたのが悔しいの。それと、警察署で全く無駄な半日を過ごしたことも」

ドリナは母を可哀そうに思ったけれど、それよりもその事件の起きたタイミングに不安を覚えた。《チクショウ！》倍返しで彼女からお金を奪っただけではなく、次には彼女の家族をも狙っている……ドリナは早速その呪われたバッグを家から離れた所に持って行く決心をした。

その晩インターネットで東京の反対側で開かれる蚤の市を調べた。《よし、ここにしよう！》東京二十三区ではおそらく練馬区より遠い所はない。そこに辿り着くのに三回も乗り換えなければならない。《いいぞ！　尾行され難い》

誰にも尾行されないからその考えは可笑しいとドリナには分かっていたけれど、彼女の中の画面の下の方に字幕のように一瞬現れたというのは事実である。もっとも、ドリナはそのパラノイアをすぐさま黙らせた。

そして当日、金曜日の朝である。男たちはスムージーを飲んでいる。小さい男は母親の家族の健康管理に千と一の文句を言いながら、大きい方は、ほうれん草とココナッツオイルが好きではないにも拘《かかわ》らず、勇敢に最後の一滴まで。ドリナはというと、上の空で松本さんへのメールを松村さんに送ったり、今日が締切の同意書を息子に持たせるのを忘れたりしている。

やがてそれらは全部八時に終わる。ドリナは玄関で息子と主人にキスをして（大きい男は唇を突き出し、小さい方は一瞬だけ頬を近づけるが、顔には『もう止めて、赤ちゃんじゃあるまいし』と書いてある）、鍵を閉めてからそそくさと出かける準備をした。シャワーを浴びて目立たない服（誰の記憶にも残らないよう）を選んでから、バッグの内ポケットに自分の――自分の！　一所懸命に仕事をして稼いだ――四万円を入れる。それから新聞紙をクシャクシャにして中からバッグの形を整え、内ポケットのジッパーを見えなくする。

練馬区のその蚤の市には一時間近く掛かって着いた。状況が違えば、ドリナは喜んでウロウロしてから必ず何かを買って帰っただろう。ある時は五百円で新品のジーンズ地のジャケットを手に入れ、何年も着ていた。しかし今日はつつましげに端っこに腰を下ろした。誰か注意深い人がいたら、「あなたはバッグ一個を売りに来たの？」と訊くだろう。良く言うと、不思議な形だった。しかしほとんどの人は恐らく怪しいと思うに違いない。

ドリナは新聞紙を広げて坐った。自分の前に綺麗な緑のスカーフを敷いて、その上にバッグと日本語と英語で百円／100yenと書いた紙切れを置いた。

最初は普通に坐って、本を読んでいた。数分おきに、できるだけ目立たないように、坐り直した。地面のアスファルトでお尻が酷くしびれてきたのだ。運良く隣にいた二人の若い女性はお喋りと編み物（編んだ服とアクセサリーを売っていた）に没頭して、多分ドリナに気付いていなかっただろう。

しかし彼女らの隣にいた老人はどう見ても退屈しているのだった。両隣の人を興味ありげに見る目には、話し相手を欲しがっていることが明らかだった。ドリナは顔を本に突っ込んだ。目が合ったりしたらお爺さんが来るかもしれない。より孤立するためにドリナは日傘をさして、自分と市場との間に置いた。

市場は来場者で賑わっていたけれど、会場の端に置かれたバッグに目を止める人は少なかった。出入り口近くのテーブルの前は大体の人がほとんど興味なさそうに通って行く。それから徐々に速度を落として四、五か所目で初めて止まる。品物を手に取ったり、必要かどうか考えたりするのはさらにその後のことである。しかしドリナは気を落とさなかった。そして彼女の期待通りに、興味を持ったお客さんが止まってくれた。それは年配の夫婦だった（多分歩き疲れたのだろう）。奥さんは「見てもいいですか？」と訊いて、「勿論」ドリナは立ち上がりながら答えた「本物の革です」と付け加えた。「なぜこんなに安く売りますか」と訊かれないことを祈った。女性はジッパーを開けて、中の様子を確かめた。閉めてからまた暫く上・下、表・裏を見たり、自分の体に寄せて似合うかどうか見ていた。「ちょっと大きいな……私には……残念。とてもいいバッグね」と呟いていた。ご主人は頷いたり、時々、口を開けないで「うん」と発したりした。夫婦はお礼を言って、去った。ドリナが再び坐ろうとした時に、二人のアメリカ人女性が来た。

「ね、リズ、このバッグを見て！　あの赤茶の靴に合うバッグが欲しいと話してたでしょ？　覚えてる？　ちょうどこんなのを想像してたのよ。ちょっと見ようよ」

「こんにちは」アメリカ人はドリナに言った「見てもいいですか？」

ドリナは英語が分からないふりをして、笑顔だけ浮かべてバッグを渡した。アメリカ人はまず肩に掛け、それからは下に下ろした手で持って足の横に当てた。体の大きいその女性にはもっと大きいバッグが必要だと思ったが、勿論何も言わなかった。

「とても素敵だわ」と言いながら、女性はバッグを開けて、新聞紙を少しずらしながら中を確かめた。外のポケットを見て「このポケットはいいですね！　鍵をここに入れれば、簡単に取り出せる」

「いくらですか？」とアメリカ人女性が訊いたが、聾唖者のドリナは床から値段を書いた紙を渡した。

「嘘！　リズ、匂いを嗅いで！　本物の革だよ。それで百円？　なぜそんなに安いですか？」

アメリカ人はびっくりした目でドリナを見た。

「アイ・ドント・スピーク・イングリシュ」ドリナはこてこての日本語訛りでたどたどしく言って、残念そうな顔つきで肩をすくめた。

「ね、リズ、これが一番酷い合成皮革で、二日でばらばらになったとしても後悔しないわよ。だって一ドル以下よ！」アメリカ人女性はお財布を出して言った。お連れの女性は大いに買い物に賛意を表していた。

"Thank you very much"

と購入した女性が言った。彼女の友達は念の為に訳した。

"Domo arigato!"

二人のアメリカ人女性があの隣の隣の老人の所に着く前に、ドリナはもうそこから蒸発した。

《早くバスに！　地下鉄に乗り換えて、さらに違う地下鉄へ》二人のレディーが、バッグはおまけ付きだと発見して返したくなっても、観光客の彼女たちにドリナを見つけることはできっこない。予期せぬプレゼントに喜び、日本、そしてこの旅が最高の思い出になればいいのだ。

ドリナは帰宅し、早速シャワーを浴びた。蒸し暑い東京の夏、その上数時間はかなり神経を使ったから、肌と服には乾いた所は一ミリたりとも残っていなかったのだ。シャワーは心身ともに癒してくれた。浴室からは別人が出た。

ここ六日間は落ち着かなかったが、今日からは好きなこと――読書と映画鑑賞――をする予定だ。今夜は、いつもケチをつける直己も文句のつけようがない夕飯を作る。三人が食卓を囲んで、ご飯を食べながら男達は一日の出来事を話してくれる。主な話題は今日の直己の練習だろう。ディフェンダーの直己は何が得意で、何をもっと練習しなければならないか。そして世界のサッカーの事情を細かく分析する。有名なサッカー選手メッシ、ネイマール、そしてレジェンドのルンメニゲ、ベッケンバウアー、ペレのプレースタイル。最後にドリナがどうこの一日を過ごしたか訊いてくれる。ドリナは曖昧に「いつも通り、色々とね」と答える。どうせ女性のことを理解するのは不可能だから。それ以上追及しても仕方がないと、大きい男も小さい男も思っているだろう。このような家族を持っているドリナはＣＩＡのエージェントにも成れる。そして、実際そうであったとしても彼らは気づかないだろう。

ドリナは快適なルームウェアを着て、ソファーで本を読もうとした。が、ふっと気が付いた。シャワーを浴びている間は呼び出しがあっても聞こえないので、携帯の着信履歴を調べるべきだ。

《あら、本当、着信があった。仕事の依頼？》ドリナはその番号にかけた。

「練馬区立図書館です」

ドリナは電話を落とすところだった。《練馬?!》彼女の頭で光の速さでシナリオができた——アメリカ人女性は四万円を発見して、前の持ち主に返したくなった。《そうだ。あのメアリー、あるいはジェーンは物凄く正直な顔をしていた。恐らく毎週の日曜日にミサに行って、戒律を守っているだろう。信心深い人は他人の物を取らない。おばちゃんたちは多分図書館でお金を返すことを手伝ってくれる人を求めたのだろう。そうだ、それしかない……》

そういったシチュエーションでは図書館ではなく警察に行く、ということもドリナの興奮している脳裏を過《よ》ぎったものの、彼女はそれも簡単に自分に説明した。

《おばちゃんたちはその時図書館の近くにいて、図書館だったらきっと誰かが英語が話せると推測したのだろう。それとも図書館で警察や交番を教えて貰おうとしたのかもしれない》

しかし、どうして練馬区の図書館がドリナの電話番号を知っているのだろう？　日本にも「ビッグブラザー」が？　一億三千万人を監視しているってこと？　もっとも、驚くことはない——あちらこちらにカメラが設置されている……

全体主義云々の被害妄想が暴走する中、電話の向こうの女性の声が割り込む、

「もしもし?・」

ドリナは我に返って、そのトワイライト・ゾーンの事件を解決することにした。

「失礼しました。私は鈴木ドリナと申します。携帯電話にあなたからの着信がありましたが、私は決して……」ドリナは「練馬区には行ったことがない」と言おうとしたのだが、止まった――バス停と地下鉄の駅の監視カメラを再生したら一瞬のうちに嘘がばれる。「……私はあなたの図書館で本を借りたことがありませんから、何かの間違いではないでしょうか？」

女性は「少々お待ちください」と言って、三十秒後説明してくれた。

「もしもし？　失礼致しました。うちの館員は太田さんという当館の利用者に電話を差し上げようと鈴木さんに掛けてしまいました。太田さんと鈴木さんの電話番号は最後の一桁以外全部同じで、掛け違えたようです。ご迷惑をお掛け致しました」

ドリナは電話を切り、笑い出した。《すぐパラノイア起こしちゃって！》まずは呪われた、い、紙幣、それから二人の中年のアメリカ人女性と、入ったことのない図書館の館員の陰謀。次は何でしょう？　海水まみれで、武器から海藻とタコが垂れているネーヴィー・シールズが自宅に突入？　ワシントンでドリナがオバマ大統領の命を狙っていると嫌疑を掛けられたりして！（ドリナはアメリカのコメディーをたくさん観ているし、翻訳もしている）

やっとリラックスができる。直己が学校から帰って来るまでソファーで横になって読書を満喫する。朝、出勤の時に、今日は仕事が多い、と太郎は帰りが遅いと言うことだし、直己もサッカーの練習で、夕飯の支度は急がなくてもいい。材料の調達は直己が練習に出かける時に一緒に出て済ませた。

サッカーのグラウンドの前で別れる時に、息子に「家の鍵を持った?」と訊く。直己はズボンのポケットを叩いて、「あ、忘れた」と言う。

「でもママはどこにも行かないだろう?」

「うん、うちで、ご飯を作って待ってるけど、念のためにいつも自分の鍵は持たないと」

マカロニ、トマトなど直己の好きな料理の材料を買い、ドリナはうちに帰って赤ワインのボトルを開けた――トマト・ソースに入れる為にも、バッグの複雑なストーリーの収束のお祝いの為にも。玉ねぎの皮を剥き始めた時に携帯電話が鳴った。《また練馬区?》

いいえ、今度は仕事の話だった。ドリナが英語とセルビア語の通訳として登録しているエージェンシーがテレビ局から依頼を受けたそうだ。セルビア語から訳す映像の件であった。

「鈴木さん、F局は数人のセルビア人の女性バレーボール選手のインタヴューの翻訳を必要としています。できるだけ速く……」

はい、いつも「速く、すぐ!」だね。いつも生死の問題だ。いつも何分で入れるか聞きたがる。それで人が必死に――少なくともドリナは、まだ経験が浅い頃にそうだった――電車

から電車へと乗り換えて、舌を臍まで垂らしてヘトヘトになって局に走り込んだところ、
「スイマセン、ここでちょっと待って貰っていいっすか。映像がまだ届いていないんで……」と言われる。
「スイマセン」と「待って貰っていいっすか」この歪んだ日本語を除けば、今となって、ドリナは気にしない——彼女の営業時間は着いた瞬間からカウントされる。彼らが映像を用意する間ドリナは瞑想したり、本を読んだりしても何ら差し支えがないのである。経験と共にドリナはセルビアの「ゆっくり急ぐ」ルールを取得したのだ。

　しかし、今日は返事に困っている。到着までの所要時間が分からないからではない。直己が鍵を持っていないからである。仕事は断らざるを得ない。しかし、どうしてもそれを避けたい事情もある。先ずお金がいる（あの忌まわしいバッグのせいで八万円も失ってしまった！）。次に、一度断ると、後で声を掛けてくれなくなる。つまり、引き受けるしかない。けれど、それなりの調整をする必要がある。ドリナはエージェントに少し待って貰うことをお願いして、一旦電話を切った。《どうしよう？　どぉーしよぉーかな》と言いながら、ドリナは足踏みをした。夫は仕事でいない。息子はサッカーの練習で電話が聞こえない。二進も三進もいかない状態である。

　皮を剥いた玉ねぎのせいで目が痛くなった。涙を無駄に流さないように、玉ねぎをみじん

切り始めた。涙が泉のように湧き出る。仕事にも出掛けたいし、家族にもご飯を食べさせたい。ヨーロッパで言う「羊も無事で、狼も満腹」というのはいかに難しいか、人生が見せつける一コマ。八方丸く治まりたいけど、それにはどうすればいいのだろう……

太郎はいつもいいアイディアを出してくれるから、太郎に電話をすることにした。解決策がなくても、愚痴を聞いてくれる。それもちょっとした得である。

「もしもし！　ちょうど電話するところだった。あの仕事、意外と速く片付いちゃったから、帰るよ」

フゥゥ……ドリナは玉ねぎ涙を拭いて、ワインを一口飲んで、エージェンシーに電話をした。

「鈴木さん、ありがとうございます！　助かります！　これから局に問い合せて、詳細が分かり次第メールします」

《求められるのって、気持ちがいいな〜》

ドリナは炒めた玉ねぎのフライパンにトマトを入れながら満足そうに自分に言った。片手でソースをかき混ぜ、もう一本の手でマカロニ用のお湯に塩を入れる。それから海水の濃度になっているか舐めた。

《うん、海同然》

次は音楽が聞きたくなった。何でもという訳ではない、ユーゴスラヴィアの八〇年代の歌が良かった。でもそのためにはリビングでパソコンのスイッチを入れて、当ラジオ局を探さなければならない。グツグツし始めたソースからは一瞬たりとも離れられないから、ドリナは自分で歌うことにした。どう見ても、ご機嫌そのもの！

その間にエージェントから携帯にメールが届いた。ソースにワインを注ぎながら、ドリナはざっとスマホの画面を見た。

テレビ局――F、スポーツ局、担当――小……

「痛っ！　打《う》たないでよ！」ドリナは悲鳴を上げて、やけどした指を口に入れた。ソースの表面に出来た泡が割れ、ソースは周りに飛び散り始めた。火を弱めてこまめにかき混ぜながら、再びスマホの画面に目をやった。

担当は小……小西？　小林？　あれ、どこへ行っちゃった？　小林だったような……　スクロールしても出て来なかったから、後で確認することにした。作業開始――二十時、内容――女子バレーボール世界大会のセルビア語の映像翻訳。

お湯はなかなか沸騰しないから、ドリナは火を止めた。肝心なソースが出来上がっているから、後は坊やたちでも完成できる――マカロニを茹でて、サラダ用の野菜を切ればいいことだ。これで、仕事も無事で家族も満腹、ということだ。

ドリナは着替えて廊下に向かった。ちょうど玄関から太郎が「ただ今！」と声をかけた。完璧なタイミング！　狭い玄関で夫にキスをして、彼が靴を脱ぐのを待って自分が靴を履く間に、夕飯の説明をした。太郎は廊下のリビングのドア辺りから「今日はどこのテレビ局？」と訊く。ドリナが「F」と答えると、「乗り換えが必要だね」と短くコメントした。

ドリナは左足でバランスを取り右の靴のベルトを止めながら、あらゆる鍵の入っている引き出しから家の鍵を探っていた。どうして乗り換えなければならないのか分からなかった。

「そんなことないよ。真っすぐ行ける。蔵前駅で乗って六本木で降りて、そこから十分ぐらい歩く」

遠ざかっていた太郎の声は戻って来つつあった。太郎は困惑した顔でドリナに訊く。

「ね！　きみはF局に行くのか、A局に行くのか」

「Fだってば」ドリナは物わかりの悪い子供に教えるように言った。しかし次の瞬間、ドキッとした――エージェントと話した時も、太郎と話した時も「F」「F」と正しく繰り返していたのに、A局に向かおうとしていた！　頭の中の画面で蔵前駅に急ぐ自分を観た。その時間帯だと電車は空いていていつも坐れるから、九駅分読む本がバッグに入っているかちゃんと確認までしておいた。そして、夜は綺麗にライトアップされる東京タワーのすぐ近くにあるA局に入る自分を見届けた。ドリナはこの種の仕事で主にA局に行っていたので、いくら「F、F、F」と繰り返しても、無意識に体で覚えた道を行こうとしたのだ。

《恐ろしい……太郎の帰りが一分でも遅ければ……》

旦那はちょうどいいタイミングで帰って来ただけではなく、車で送る提案もしてくれた。

F局はA局より遠くて、約束の時間には間に合わない。ドリナは大げさに瞬きをしながら両手を胸に当てて大根役者のように劇的な深呼吸をして「ま～、あなたは私の宝物だわ！」と言った。茶番だと分かっていても、そう言われたら男は女のために何でもする。特にその女が常に心ここにあらずだと知っていれば。太郎は笑って、妻のお尻を叩いた。

「大女優さん、ふざけてる場合じゃない。遅れるぞ」

主人に最短距離で送って貰いながら、彼がもし少し遅く帰ったなら、その夜はどうなっていただろうと考えた。目の前に映画が始まった。

太郎がマンションのエレベーターで上がっている間、ドリナはエレベーターを待てずに階段を下りる。太郎はエレベーターから鈴木家の玄関の方に歩いている。ドリナはマンションを背に大江戸線蔵前駅に速足で歩いている。一階がガラス張りの大きな建物の前を通る。ここでいつも自分の姿をチェックしている。ズボンの裾がまくれていないか？　スカートのジッパーが前に来ていないか？　髪はちゃんとしているか？

大きな建物がちょうど交差点で終わっている。それは四車線の大通りと車がほとんど入らない小さな通りの交差点である。そこではいつも、信号を守ったことがない。基本的には法律を守るちゃんとした日本人ですが、交通量の少ない赤信号を見ると全てを自己責任で済ませるセルビア人の遺伝子のスイッチが入る。《赤信号でも安全ならあたしは渡るけど、何か?》

しばらく歩くとラーメン屋さんがある。辺りはこってり豚骨スープの匂いが満ちている。《お腹空いたな……》夕飯の時間なのに、ドリナは出かけている。仕事は多分真夜中までかかるだろうから、《途中でサンドウィッチかおにぎりを買っちゃおうかな》と思っている。《しかしあのバタバタの中でも二人の夕飯をほとんど作れた》とたらればの映画、空想の中でもドリナは現実とへその緒を切らない。あくまでリアリストだ。

隅田川に掛かる厩橋を渡る映画の主人公ドリナは屋形船を見て心が和む。金曜日で屋形船が特に多い。北斎が描いた絵の世界を蘇らせて、二十一世紀のサラリーマンが船の床に坐って飲食を楽しんでいる。彼らは仕事を終えて余暇を過ごしている。ドリナは今からが仕事だが羨ましくはない。むしろこのような光景は彼女を落ち着かせる――世の中が狂った訳ではない、皆が皆余裕を失っている世界ではない。いいことだ。

橋を渡ったところに交番があって、隣に信号機がある。ちょっとした交差点。さっきと同じ大きな春日通りと小さい、ほとんど車が通らない通り、同じ条件だけど、お巡りさんの目の前ではさすがのドリナも〈自己責任〉を躊躇う。だが自分の映画、監督権限でパッと信号を青にする。そこから数メートル歩いて、地下鉄に潜る。夕方の蔵前駅は人が少ない。六本木方面の電車は空いている。いつも坐れてたっぷり読書を楽しめる。

太郎が何か訊いてきた。ドリナは映画を止めた。

「なに？」

「あれだったら迎えに行ってあげる。何時ごろ終わる？」

「さぁー、さっぱり分からない。多分あなた達はすでに寝ている時間でしょう。いいの、気にしなくて。あまり遅いようなら、タクシーを出して貰えるから」

町の反対側の高層ビルの間に赤く照らされている東京タワーの姿が覗いたり隠れたりしてきた。太郎がさっき、あのタイミングで帰っていなかったら、ドリナは今あそこで、東京タワーの近くの地下鉄から地上に上がって……

東京タワーにも六本木駅にも近くにあるのはAテレビ局である。約束の時間にドリナは受付で言ったでしょう。

「セルビア語通訳の鈴木ドリナと申します。スポーツ局の小林さんが待っていらっしゃいます。着いたとお伝え頂けますか？」

それはいつもの台詞である。ドリナがそう言うと、受付の可愛い女の子が可愛い声でスポーツ局に、小林さんの所に通訳が来た、と伝える。

　そこで悲喜劇が始まる。もっとも、かなり前に既に始まっているのだ。助手席に坐るドリナはぞっとした気持ちから指先が冷たくなり、同時にお腹の底が笑いで振動している。再び映画が流れ始める。

　受付の女の子がスポーツ局に電話をして、すまなそうに——まるでそれは彼女の失敗ででもあるかのように——Aテレビ局のスポーツ局に小林という人はいないと言う。あるいは——あ、こっちの方がもっと面白い！——小林はよくある名字だから、「小林がお待ちしております」と言ってパスを渡してくれる。ドリナはエレベーターで上がる。その間連絡を受けた小林は困惑している。その、鈴木何とかのセルビア語通訳は何をしに来たのか、と思っている。彼はセルビア語の通訳なんか頼んでいない。訳が分からない小林は頭を掻いている。他に誰かが頼んで、彼に伝えることを忘れたか？　それとも暇なヤツらの悪ふざけ？

　そしてその女性が現れる。彼より大分年が上で、どう見ても自信満々の人物である。背筋をピンと伸ばして上から目線で彼らの散らかっている部屋のあちらこちらに視線を滑らせる。ネズミの穴があれば、彼はそこに隠れたいほど居心地が悪い。彼から一歩離れたところで彼女の携帯電話が鳴る。彼女は電話にでる時も同じく自信満々で上から目線である。

「はい、鈴木です。どこにいるってどういうことですか？　スポーツ局にいます。私がどのテレビ局にいるかですか？　Aですが、何か？」

女性の顔の表情が一変する。目を見開き、頬から血の気が引く。カット、カット！　このホラー映画の撮影はこれで終わり。


ドリナは《今》に戻って、助けてくれたスーパーマンの手をそっと撫でた。スーパーマンはFテレビ局の玄関前で車を停めて、「頑張って」と声を掛けて、帰った。

受付でドリナはいつもの台詞を言い、局内に入るパスを首から下げ、二十三階にあるスポーツ局に上がった。

Fテレビ局はA局より大分大きい。スポーツ局は巨大である。ドリナは入って最初に見かけた若い男性に頼んだ。

「すみません、セルビア語の映像の翻訳で来ていますが、小林さんを呼んで頂けますか？」

「少々お待ちください」と親切な若者が言い、小林を見つけるのにその広いフロアーを駆け回っていた。この人は探すのが下手なのか、小林が隠れているのか……とドリナが思い始めたところで男が戻って来た。

「確認ですが、小林で合っていますか？　小泉ではありませんか？」

ドリナはスマホを出してメールを開いたら――小泉と書いてあった！　Oh, my God!　間違える可能性のあること、全部間違えた……

でも、今はもう大丈夫。いなければならない所にいて、通訳を頼んだディレクターもいるし――ドリナはホッとして、自分を笑う余裕もでてきた。ドリナは小さく「ヒ、ヒ、ヒ」と笑い出した。周りの机に坐っている十数人の若者も遠慮なく笑い始めた。彼らも、あの青年が《小林》を探すのを見ていた。「小林って誰だろう？」と思った者もいれば、そんな人はいないけど、と言うのを遠慮した者もいただろう。今となっては皆が気持ち良く笑っている、その中でドリナの声が一番大きい――彼らと違って、彼女はその日にしたへまを全部笑っているのだ。

ドリナは翻訳の必要なファイルを開けて貰って、仕事に取り掛かった。落ち着いた、気持ちのいい時間が流れ始めた。集中して、空腹感さえ忘れたのだった。十一時ごろ、真向いの机で仕事をしていたディレクターに声をかけた。

「小林さん！」

彼は微笑を浮かべた。

「小泉です」

Oh, God……ドリナは自分に呆れていた。

「失礼しました。翻訳は終わりました。これから帰りますから、もう誰にも小林呼ばわりされません」

小泉は笑い、訳文を確認した。

「ありがとうございました。ちょっと待って貰っていいですか？　スイスから新しい映像が届いているかもしれない」

《「待って貰えますか」の方が正しいし言いやすいのに、何でお前ら若者は……》と説教したい気持ちになったが、今日は他人《ひと》に説教する立場にはないことを自覚して、大人しく「はい、どうぞ」と答えただけである。

胃袋が音を出して抗議した。黙らせようと五〇〇ccのペットボトルの半分以上を流し込んで、赤ワイン入りのソースのマカロニ料理のことを考えないことにした。

小泉は済まなそうな顔をして戻って来た。

「鈴木さん、遅いのは分かるけど、至急に訳して貰いたいものがあるんです……」

ドリナはこのテレビ局は初めてだが、やり方はどこでも同じで、これも何ら不思議なことではない。目が真っ赤な人達に囲まれて朝の二時、三時まで作業をすることは今まで何回もあった。

「勿論。どれですか？」そして自分の中で言い続けた。「ついでに鞭で打たれても構わない……」。他人《ひと》の四万円に手を出そうとした件で、まだ自分を許していなかった。

新しく入った映像の翻訳作業は約一時間かかった。それも終わってディレクターを呼んだ。

「コバ……小泉さん！」

小泉は二缶目のエナジードリンクを飲んで起きていた。ニコニコしながら机を回って、まだ名前を覚えてないドリナの方へ来た。

「完璧っす。もう少し先にインタビューがあるんだけど、何語なんだろう？　英語？」

「ロシア語と英語」

「英語の部分の訳をして貰っていいっすか？　長くないはずです」

「はい、訳します」

数人のロシア人女子バレーボール選手が「久光」との試合後の感想を述べている。そばで誰かが英語に通訳していて、ドリナはその和訳をした。十五分ぐらいで終わった。その十五分の間に日本は新しい日の境目を跨いだ。スポーツ局の従業員の多くは帰ったにも拘《かかわ》らず、フロアーが全然空いているようには見えなかった。

チューリッヒから新しい映像が送られたらしい。小泉は申し訳なさそうにドリナに待ってくれるよう頼んだ。

「三十分かもしれないし、もっと掛かるかもしれない。今日は接続状況が悪くて、ちょくちょく切れて最初からダウンロードしなおしたりしているんで……」

「そうですね、そういう日もありますよね……」ドリナは同情して言った。そして自分の中で続けた。《私なんか、今日そればっかり》

時間が空いたことだし、完全に空になった胃をもはや騙せないところまできていたので、何か食べるものを探すことにした。テレビ局にはかなり美味しい食堂があるのだが、深夜にはコンビニで何か買うしかない。前回、Aテレビ局で幾日か夜通しで仕事をした時に、うちでは絶対にしないし、したいとも思わないことを平気でやった。成人が一日摂取するカロリーの半分もあるような、カスタードとホイップクリームたっぷりのデニッシュを二つも食べてしまったのだ。それにLサイズのコーヒーを。コーヒーはともかく、あのお菓子の《夜食》では確実にスカートがきつくなった。

健康には悪いかもしれないが、甘党を極楽に導く夜食を想像しただけで唾液が大量に分泌され、胃が一段と悲しく《グーゥ》と鳴った。

「コバ…小泉さん……その名字はあなたに似合わないんですよ！　どう見ても《小林的な》顔をしていますもの！」覚えられないことは冗談に変えるしかないと思って、ドリナはとことんふざけた。このプクプクした人の良さそうな若い男性は怒らないだろうと……

「分かりました。名前を変えます」小泉はゲームに乗ってくれた。

「よし！　大きな問題は解決しました。近くにコンビニがあるか教えて欲しいです。待っている間に軽く何か食べたいので」

「一階にファミリーマートがあります。ただ行き方がちょっと複雑で、乗り換えしないといけないんです」

《いや、私なら真っ直ぐ行けるよ。どこに辿り着くかは別問題だけど》ドリナは自分の中で皮肉を言った。

「私達は二十三階にいるでしょう？　ここから十八階に降りて頂いて、エレベーターを出て左に曲がって頂くと隣の塔に行ける通路があります。そこからまたエレベーターで一階に降りて頂くと右側に重いガラスのドアがあるんです。そのドアを通って右に曲がって頂くと、ファミリーマートが見えてきます」

ドリナはお礼を言ってエレベーターに向かう。《まぁ、やたらと「頂く」が多い説明だわ。降りて右？　左？　連絡通路は十八階だっけ？　自慢じゃないけど今回も絶対にスムーズにはいかない》と声に出さないブツブツを続けていた。

はい、十八階。はい、連絡通路。はい、またエレベーターの前。意外と上手くいっている。どうでもいいけど、このエレベーターは余りにも見栄えが悪い。来客は多分この部分に来ないからエレベーターの見た目なんか誰も気にしないのだろう。節約できるところでは節約すべきである。それはドリナにも分かるけど、《何もここまで……》と思いながら一階のボタンを押した。このエレベーターは人間ではなくて物を運ぶためのものだと結論を出した。《一階まで降ろしてくれれば、何でもいい》

ラフな着陸の次にドアはキーと鳴って開いた。そこは狭いコンクリートの部屋で、三方にドアがあった。どこも鍵がかかっていた。《ほら、言ったでしょう。スムーズにはいかない》とドリナはもう一人の自分に言った。そのもう一人がさも「うまくいくよ、絶対に」と断言したかのように。誰にも、もう一人の自分にさえ反論されずにドリナはこの「トワイライト・ゾーン」並みの冒険を続けた。《さ、戻ろう》とまた荷物用エレベーターに乗った。《そういう日だね。何一つ一発ではいかないね》

別にこれといったイライラする理由もなかった。彼女が幽霊のように無人の建物をさ迷っている間も収入は入る。今までにあの忌々しい四万円は稼いだだろう。配管工なら三十分でゲットだけど、重要性は全然違う。どっちの方が大事——排水修理、それとも外国語？　排水修理に決まっている！

再び十八階。そこから数メーター離れたところに普通のエレベーターがあった。降りたところには普通の愛想の良い一階が待ち受けていた。重いガラスのドアもファミリーマートもあった。コンビニに入った瞬間、食べ物しか視野に入らないドリナの目は、まず大きなサクサク音をたてそうなクリームたっぷりのクロワッサンにとまった。「カロリーをくれ！　たくさんのカロリーを」九時間も何も補給して貰えなかった体が叫んだ。

クリームたっぷりのクロワッサン、そして淹れたてのコーヒー、代金を支払いながらドリナは《人が幸せになるのはこんなに簡単なんだね》と思った。肉体を満足させるフードよりも魂が必要としているフードの方が格上、などと立派な声が自分の中から聞こえてきたものの、ろくに食べることができない人は哲学には向いていないと自分に言って頷いた。辺りを見回し《どこに坐ろうかしら？》コンクリートの壁やガラスの壁ばかり。A局なら塔の間の連絡通路にいくつかのテーブルと椅子が置いてある。ドリナはいつもそこに坐って東京タワーを眺めながら食べている。ここには坐る所がない。ドリナはあの重いガラスのドアを通ってエレベーターの方に戻ろうと思った。その時、背もたれのない長椅子があることに気が付いた。近くにいるガードマンは、深夜にも拘らず引っ切り無しにカメラマンなどが出入りする玄関にしか注意をしていない。背後にあるこの椅子のことは気にしていないと判断し、そこで《夜食》を摂ることにした。

椅子にクロワッサンとコーヒーを並べながら、横眼で何か大きくてまだらな物を発見した。コーヒーをこぼさないようにそっと坐った時に思わず「オーッ！」と声が出た。目の前の壁全体はモノクロームの写真に覆われていた。それは皆ピカソの日常生活のスナップだった。そして真ん中に、オリジナルの油絵が飾ってあった。

《いいね！　ピカソで朝食》クリームを舐めて享楽の頂点に達したドリナは思った。《それとも夕食かな？　どっちでもいいわ。ところで、そこのマダム、失礼ですが、どなたでございますか？》

ドリナは菓子とコーヒーを椅子に下ろして、絵画に付いている金属のプレートに目を近づけた。

「ドラ・マールと猫」

《あら、ごめんなさい、分からなくて。あなたが愛した天才が言ってくれるまで、それが自分だとはあなたも分からなかったでしょう……》

モデルの目の位置はずれていて、鼻はある方向を、口は違う方に向いていた。耳もまたとんでもないところにあった……。しかし右の肩に坐っている子猫のプロポーションは完璧だった。

描かれている方と眺めている方——二人の女に共通点があった。二人ともユーゴスラヴィアのハーフであった。支離滅裂なドリナの行動にも似た《支離滅裂》なドラの顔。

《なんという一日！》

脳味噌のショートであのバッグが悪魔の仕業にされて、手放すのにどんなにたくさんの時間とお金を使ったことか！　ちゃんと読まなかった、そしてちゃんと送らなかったメール—

──あれは一体何でしょう？　心ここにあらず、そして視力が衰えていると頑固に認めないこと……。テレビ局と人の名前のゴチャマゼ……。知らない人にドリナの今日一日のことを話したら、その人は逃げ出すでしょう。ドリナと関わりたがる人はいない……

しかし、どうも違う！　携帯電話が鳴った。やっぱり誰かが彼女を必要としている。それがまた太田という人を捕まえようとしている練馬区の図書館でなければ。《深夜一時に？いや、分からない──もっと不思議なことだってある》

「鈴木さん、夕食を済まされたなら、上がって頂いていいですか？　新しい映像をダウンロードできたんで。これで終わりです、本当に。あ、失礼しました。小泉ですけど」

「はいっ？」笑いを抑えながらドリナは分からないふりをした。

彼は乗ってくれた。

「小林の方の小泉……」

東京にて、二〇一五年六月

日々　些か単純に描かれたある女性の人生

私の人生の六二〇九日目

六時に起き、顔を洗って朝食を食べる。それから学校に飛んで行く。

午後、学校から帰って、宿題をして、明日の美術史の時間のために、遠い、未知の国、日本のお寺についてのレポートを準備し、夕飯を食べる。そして復習する――東大寺は七二八年に建立され始め、一一八〇年に大半を焼失する。政情が不安定なため（えぇ！　あの日本にもそのような時代があったなんて！　セルビアの場合、それは慢性的な状態！）修復は長年にわたって少しずつしか進まなかった。一方の法隆寺は六〇七年に建立されて、六七〇年に落雷で全焼した。それから立て直し云々……で、ユネスコの世界文化遺産に登録されています、と。

一一時半に明かりを消し、やばい！　詩の朗読！　あしたよね？　覚えてるかな……

「Ko zna, ah niko, niko ništa ne zna……」

ふー、大丈夫！　私って、もしかして天才？　一二時前に電気を消して、あっという間に眠りに落ちる。

私の人生の六二一〇日目

やっとのことで目をこじ開け、さっと顔を洗って朝ごはんも食べずに、学校にすっ飛ぶ。先生が教室に入る数秒前に到着する。

……死にそうにおなかをすかせて家にたどり着き、お昼ごはんを食べる。食後の眠気と闘いながら、宿題をする。夕方は、両親とお喋りしながらゆっくりと夜ごはんを食べる。それからお皿を洗う。これは最近私の仕事になっている。

ママは最近、皿洗いがいやだって。なぜでしょう？　気持ちのいい作業なのに。汚れているものがきれいになる。そしてこの、何とも言えない、お湯と洗剤の泡の感触。「ケセラセラ」をはもりながらお皿を洗い、片付ける。眠るまでの間は勉強をして、一二時前に明かりを消す。日本のお寺のレポートと朗読がうまくいったことを思い出して、《やるな、私》と笑みを浮かべながら眠りに落ちる。

私の人生の六二一一日目

きょうは休日で、思う存分に寝る。そしてゆっくりと本を読みながら、朝ごはんを食べる。チェーホフの短篇小説はなかなかいいですね！

午後は母のお手伝いをしたり、宿題をしたりして、家族そろって夕食をとる。お皿を洗ってから自分の部屋に戻って、再びチェーホフの世界に入る。面白い人でしたね！　短篇はあんなにユーモアに富んでいるのに、戯曲となると濃厚な絶望……

えっ！　何ですって？「ああ、いいお天気だ、紅茶を入れようか、それとも、首を括ろうか」……。ロシア人は変わっていますね〜。同じスラブ民族でも、セルビア人は天気のいい日にこのような選択は考えません！

結婚に関しては至って否定的であった。結婚する前も、した後も。へぇ……。これも国民性の表れ？　それとも男はみんなそう？　男性は見かけによらず、意外と複雑な生き物のようである。チェーホフの奥さんはロシア在住のドイツ人だった。相手が異文化の人だということは、結婚の妨げにならなかった。うちのラーザ・ラザレビッチはそこがだめでしたねぇ。彼もチェーホフと同じように、医者でありながらも小説を書いていた。でもラーザは自分の好きなドイツ人のアンナさんとは結婚できなかったね。そういえば、どこかで読んだが、日本にもラーザと同じ作家がいたらしい。医学の勉強のためにドイツ（しかもラーザと同じ時代、同じベルリン！）へ渡り、そこで恋に落ちたが、異文化の壁が高すぎたのか、何か違う事情があったのか、結婚はしないで帰国したとのこと。ラーザもその日本人も、それについて後で小説を書いた。

あ〜あ、もうこんな時間！　寝よう。彼らは確かに可愛そうだし、国際結婚は色々と難しいみたいだけど、私が悩んでもしようがない。どうせこの小さな田舎町では外国人になんか出会いっこないからな……

私の人生の六二一二日目（そして六二二二日目も、六二三二日目も、六二四二日目も……）

六時ごろ起きて、朝ごはんを食べる。あるいは食べない。学校にかけだし、先生の来るちょっと前、あるいは、ちょっと後に教室に着く。

……学校から帰って宿題をして、夜ごはんを食べてからお皿を洗う。

眠るまでの間は勉強をして、一二時前あるいは一二時過ぎに明かりを消し、明日は何曜日で、夏休みまであと何日、社会人になるまであと何日、そして最初のお給料をもらうまであと何日……と数えながら、眠りに落ちる。

（…………）

私の人生の七六六九日目

朝起きて、まずは実家に電話をする。「もしもし、ママ？　お誕生日おめでとう！　元気？　うん……うん……私も元気よ。ちゃんとごはんを食べてます。ちゃ〜んと寝てますよ、大丈夫、夜更かしなんかしない。何も心配いらないよ。また電話します。じゃ、ね！」

朝ごはんを食べて、急いでお皿とコーヒーカップを洗う。それから早足で（走らないように努力をしながらね！　だって女子大生が走るなんて格好が悪いもの）路面電車の停留所まで行く。なかなかやってこない11番を呪いながら待つ。やっとのことで、授業にすべりこむ。

三時ごろ、大学の近くの路面電車の停留所で、眠そうな疲れた人々の中で、なかなかやってこない11番を呪いながら待ち、それからその人たちと一緒に詰め込まれ、ベオグラードの反対側まで三〇分以上も揺られる。

コーヒーを入れ、ぼ〜っとテレビを見る。それから洗い物を済ませて、勉強をする。

夕ごはんを食べて洗い物をし、本を読む。

一二時近くに、前の日、その前の日、その前の前の日と同じように右手で明かりを消し、ベッドに腰掛け、左側に向きを変える。

《あ〜あ、やろうと思ったことの半分もできなかったわ……》

私の人生の七六七〇日目

《もっときりっとしなくちゃ！》と決めて、元気良く起きる。元気よく朝ごはんを作る。元気よくお皿を洗う。元々お皿洗いが好きなんです！

そして、足取りも軽く、路面電車の停留所まで行く。

文句一つ言わず二〇分路面電車を待つ。授業に遅刻する。

……午後、帰ってから簡単な食事を作り、お皿を洗う。私、お皿洗いが大好きなんだもん！　それから勉強する。

夕方、リーリャちゃんが来て、一緒に食事をしながら、「大学、ねぇ……男、ねぇ……人生、ねぇ……」とお喋りする。リーリャは一一時過ぎに帰り、私はお皿やコーヒーカップを洗う。何時になってもお皿洗いが好きなの！　それから宿題を最後までやっていないことに気付き、午前一時までかかってやる。

シャワーを浴びて、あっという間に眠りにつく。

私の人生の七六七一日目

かろうじて目をこじあけ、かろうじて、私は知識に飢えていない時でも授業に出る、責任感の強い人間だと思い出す。とりあえずパンをかじり、バスの方が早いことを祈って、全速力で95番のバス停に走る。格好のことを考える余裕なんか、ない！

午後は家に帰って、簡単な食事を用意し、食器はそのまま。後で洗うわ！　少し横になる。

《大学生の一人暮らしはいいよね！》

五時ごろコーヒーを入れて、教科書を開く。遅めの夜ごはんを食べて、お皿を洗いながら、週末、夏休み、そして老後の生活を夢見る。

（…………）

私の人生の七九二七日目
勉強、勉強、勉強……。曜日と日付の感覚が麻痺してきている。
夜は友達に誘われて、パーティーに出かけた。試験の前の徹夜の連続で（母には内緒ね！）眠くて、どこにも行きたくなかったが、「行こう、行こう、行こうぉぉぉよ！」という攻撃に耐えられなくて、行ってみた。それで……これは運命でなければ他に呼びようがない！私の憧れの、《あの》有名な画家も、来ていた！　あぁぁぁ！　《なま》で見る方がずっとかっこいい！　噂によると、またもや離婚したそうである。一晩中私のそばに坐っていた。確かに、別れた奥さんの悪口ばかり言っていたが、私のポートレートが描きたいって。電話をしてくれるかなぁ？

私の人生の七九三四日目

きょうは最高にいい日だ！　試験には合格するわ、画家から電話があるわ！

試験は、正直なところ、準備が万全だったというよりも、運がよかった。でも結果オーライ！

そして、彼と出会ってから一週間も経ったのに電話がなくて、もう駄目だと思ったの。でも彼はずっと私のことを考えてたって。私は「本物」だって。別れた奥さんは胸も唇も、爪まで偽物だったそうだ。そしてわがまま。「自分のことしか考えない人はもううんざりだ！」と彼は叫んだ「俺だって、人間さ！　有名な画家だけじゃなくて。俺だってたまには面倒を見てもらいたい！　でも世の中は冷たい女だらけだ！」二時間も電話でお話しした。彼って可愛そう。もう若くないから、そろそろいい人に恵まれても……。「あれでしたら……喜んで面倒をみてあげますわ。私でよければ……」とはもちろん言えないよね。言いたい気満々だけど。

私の人生の七九三五日目

きょうは最低の日……

夕方は、《きょうも画家から電話がかかってきたら、私に気があるということになるでしょう》と思った時に本当にかかってきた！

猫のごろごろみたいな彼の声を聞くと膝がガクッとくるわ。「俺の人生はね……暗くて、あまり楽しみが……ない所なんだ。でも……あなたと話すと……何だか元気になる。なんだか……あなただったら、俺を……助けてくれるような気がする。今すぐ来てくれないか」と彼が言った時に、私は気絶しそうになった。弱い声で「行きますとも」と言って、受話器を置いて、一番近いデパートにダッシュした。いったんうちに帰り、買って来たばかりの高いレースの下着を緊張で震えている身体につけて、タクシーに乗って行った。下着とタクシー代で、私の一か月の奨学金の半分以上がいっきになくなってしまったけれど。

「お！　よく来てくれた！　ありがとう！　俺は……この広い家に何日も、何日も一人。でもあなたが来てくれたから……もう大丈夫」

そして、横目で悲しそうに台所のほうを見て、こう言った。

「お皿を洗ってくれないか」

「お皿ですかぁ？　まかせて下さい！　お皿を洗うのは大好きなんです！　皿洗いの名人と呼んで下さい！」

彼のお皿を洗って、とっとと帰った。

（……………）

私の人生の八七六六日目

夫を起こし、朝ごはんを作ってコーヒーを淹れる。夫を仕事に車で送って、帰りに市場に寄って買い物をする。

洗いもの、アイロン、掃除。

……夜ごはんを作って、お皿を洗って、一二時過ぎに床につく。

私の人生の八八九六日目

夫を起こし、朝ごはんを作ってコーヒーを淹れる。彼を見送ってから、お皿を洗って、アイロンと掃除機をかけてから食料品を買いに行く。

家に帰って冷蔵庫を開けると、食べ残しが入った食器だらけ！　サイズなんか関係ない！　一口のチーズがうちにある一番大きいお皿に載って、やはり一切れのハムがもう一枚のお皿の片隅に載っている。先週片づけたのに、もうこの有様！　誰がこんなだらしないことを！　犯人は？　はい、まいりました！　私です……。冷蔵庫の整理が大の苦手だ。

何これ?!　上の棚からぽたぽた……。スープだ！　うちの旦那は天才！　残ったスープを、今度は小さ過ぎる器にふちまで入れて、ラップでふたをしている。しかもラップをピンと伸ばさないで、真ん中をスープに浸したまま冷蔵庫に入れた。よりによって一番上の棚に！　ラップを伝わって毛細管現象？　スープは半分もしたたっている。あなた、勘弁してよぉ……。さ、食品も棚も出して、冷蔵庫をまた隅々まで洗おう。

昼ごはん、洗い物。夜ごはん、洗い物。

考えてみたら、そのあいだにも何回か何かを洗っていた。何だかんだ、一日の大半は流しの前で過ぎていく。

私の能力を信じて下さった先生がおっしゃったことを思い出す……

「あなたみたいな大きな船は広い海へ行く」

《先生、ごめんなさい。これでは、小舟。しかも沈没する。しかも流しで……》

私の人生の八八九七日目

夫を起こし、朝ごはんを作ってコーヒーを淹れる。彼を見送って、お皿を洗ってから買い物に出かける。どこへ行ってもどこを見ても、子連れのお母さんや妊婦さん。私もそろそろほしいな……

自分ひとりのために昼食を作るのが面倒くさくて、簡単なサンドウィッチにする。あまりお皿を汚さずに済んだのはいいけど、最近のどんよりした気分があまり治らない。なぜできないのかしら？　二人とも若くて、お医者さん曰く、健康上問題はないようだが……

そう言えば、彼は最近帰宅が遅くて、だいたい私が寝てから帰って来る。でも仕事が前より忙しいというような話はしない。

あっ！　もしかして……いや、ありえない！　彼には絶対にありえない！　他のおとこは何をしているか分からないけど、私の主人は絶対に、そんなことなんか……

私の人生の八八九八日目

彼は夕べまた真夜中過ぎに帰って来た。寝ていなかったから、彼を出迎えた。彼の脱いだスーツ、思わず匂いをかいだ。なさけないな……。そして、彼がシャワーを浴びている間、携帯を見ようと、手に取った。《私は一体何をしている?!》とすぐさま我に帰る。

おかげで今朝は起きられない。主人も寝坊をして、コーヒーを飲む時間もないまま仕事に飛んで行く。

私は、「あ～あ、夜は一睡もしていない」と自分に言い訳をし、またベッドに戻る。睡眠不足ではなく、現実逃避をしていると分かりながらも……

お昼過ぎに主人から電話がかかる。

「きょうデートしよう！　このごろ僕、帰りが遅くて、ろくに話もしていない。いけませんね！　仕事から早く抜け出すから、ちょっと豪華なあのレストランに行こう。行き方は知ってるだろう？」

なにしろ、嬉しくて、「知ってる、知ってる」と言って、夕方まで着るものを選ぶ。彼を疑ったことを深く反省する。

出かけて、自信満々で電車に乗る。一向に着かない。路線図を確かめて、反対方向に進んでいると分かる。女は方向音痴だという一般論は、本当のこと？　私個人の問題？……。三〇分も遅刻する。せっかくのデートは台無し。時間にうるさい夫にガミガミ言われるだろうと思いながら、小さい声で、

「ごめん。電車を間違えちゃった」と言う。そして彼は、

「しようーがねーなー」と笑って、私と手をつないで、レストランに連れていってくれる。

彼らしくない！　あぁ、やっぱり浮気をしているぅ！

私の人生の八九一七日目

四時前に目が覚めて、さっそく吐く。夫を見送り、また吐く。お皿を洗い、また吐く。掃除機をかけ、何度か吐きそうになる。夕食の支度をし、吐く。洗いものをし、また吐く……。

命を育むって、なぜこんなにつらい？

（…………）

私の人生の九一九一日目

赤ちゃんにおっぱいをあげ、おむつを替えて寝かせる。主人を起こし、おっぱいをあげ……私、何言ってんの？　主人は普通の朝食……

……コーヒーを淹れて、見送る。お皿を洗って、アイロンをかける。子供を乳母車に乗せて、買い物に行く。

夜は、子供をお風呂に入れ、おっぱいをあげて寝かせる。それから自分たちも食事をして、私はお皿を洗って寝る……。違う！　お風呂に入る——うん？　寝て、お風呂に入る？　違う！　お風呂で寝る？　えっ?!　夢の中でお風呂に入る？——分かんない……こん睡状態。

私の人生の九四〇〇日目

子供におっぱいをあげ、おむつを替えて寝かせる。夫を起こし、朝ごはんを作ってコーヒーを淹れる。見送る。

洗いもの、アイロン。おっぱい、おむつ。

夜ごはんを作って、お皿を洗う。子供をお風呂に入れて、寝かせる。

電気を消してから、考える……

《人生ってこんなものなの？　それとも他にやり方がある？》

私の人生の九四〇一日目

《他にもやり方はあるよ！》と熱い思いに起こされて、薄暗い五時に動き始める。時間は誰かにもらえるものではなく、自分で作るもの！　アイロンをかける。散らかっている小物を片づける。朝ごはんを作る。テレビを見る余裕さえある。久しぶりのニュース。

《え、なに！　パンがまた高くなる？　この間値上げしたばかりなのに？　それに、バター不足？　どうして?!　この国にはろくな政治家がいないのは分かってるけど……、何、牛も使い物にならないの?!　へぇ、あの小説家が大使に？　いいことだ！　どんどん知識人にセルビアの象徴になってもらおう。さもないと、世界中の人々から、セルビア人はサッカーとテニスしかできないと思われる。きょうの天気――洗濯日和。よかった！　後で洗濯機を回そう》そろそろ主人を起こす時間だ、と思いながらソファでうとうとしてしまう……

私の人生の九四〇二日目

早起き作戦失敗。で、再び七時に起きる。

子供におっぱいをあげ、おむつを替えて寝かせる。主人を起こし、朝ごはんを作ってコーヒーを淹れる。夫を見送ってから、洗いもの、アイロン、掃除。

それから子育てに励む。赤ちゃんにモーツァルトを聴かせて、ドストエフスキーとニーチェを読んであげる。抜群の音楽才能を持った思想家になってくれないと、ね！

《赤ん坊モーツァルト》のおむつを替えて、寝かせる。ふ〜、一息入れる。

友達から電話がかかってきて、しばらくお喋りをする……

「え〜 マヨルカに行ってきたの？ いいね！ 羨ましい！ どうだった？ あ、そうですか？ 私も行きたぁい〜。えっ、私？ 私は相変わらず——お皿を洗っては、お尻を洗う毎日。も、もしもし！」

起きてきた《モーツァルト》のいたずらで、電話を切られる。三回も！ いらいら、いらいら……

私の人生の九四一二日目

子供におっぱいをあげ、おむつを替えて寝かせる。朝食を作って、主人を起こす。「土曜日ぐらいにゆっくり寝かせて頂戴」と主人は寝返りを打って、寝続ける。

土曜日だったのか？　主婦には週末も平日も一緒。

夕方、夜ごはんの支度をしている時に、例の《子育てなら何でも訊いて》という偉そうな知り合いから電話がかかってきて、長話になる。ちなみに、彼女には子供がありません。結婚もしていない。相変わらず「すみませんが、今は忙しい」と言えない自分にいらいらしながら、必要としないアドバイスを延々と聞く。「はい……はい……そうですね……まさに……。はい……」

「も、もしもし！」

息子がいたずらをして、二回も電話を切る。感謝感激！

（…………）

私の人生の九九〇五日目

娘におっぱいをあげ、おむつを替えて寝かせる。夫と息子を起こし、朝食を食べさせて職場と幼稚園に見送る。

洗い物、アイロン。おっぱい、おむつ。

息子を迎えに行ってごはんを食べさせ、一緒にサッカーをする。

子供をお風呂に入れて、寝かせる。そして自分もシャワーを浴びて、横になる。
眠りに落ちる瞬間にふっと思う――
《私は大学で何を専攻したんだっけ？》

私の人生の一〇九五七日目
来週は選挙。もちろん、投票はする。自分のために、子供たちのために。カフェとか自分のうちで、文句はどこでも誰でも言えるんだけど、責任を持って国造りに参加せず、ツベコベ言う人は許せない。だから私は選挙に行く！　ミロシェビッチ大統領の時代は確実に終わっているけど、日常生活は大して変わらない。このあいだの野党の勝利は一体何だったの？まさか、政権交代だけが目的ではなかったでしょう。しかし、今の民主党はなんだか大人げない。どこに投票しようかしら？　民主党、セルビア民主党、新セルビア民主党……、一体どうなっているの?!　ま、まずはみんなのマニフェストを調べなければならない。あ、ちょうどいい！　娘はもう寝ているし、息子はお風呂から上がって大好きな牛乳をおとなしく飲んでいる。これで彼も寝かせてからニュースを見て、インターネットで調べてみよう。早く洗いものを済ませて、やっと自分の時間だ！
あれっ？　ピチャピチャ、ポタポタ……。何の音？　うそぉ！　何をやってるの?!　どうして牛乳を頭から浴びるの～？　こらっ！　お風呂に入れたばかりなのに！　あ～あ！　パジャマも床もビチョビチョ！

その時に帰って来た主人が、

「何で子供に怒鳴ってばかりいるの？」と、当惑した顔で訊く。

「今朝から数えて六つ目の事件。さっきまでは、なんとか我慢していた。彼はまだ小さくて、わざとやっているわけではないから、怒ってもしようがない、と自分に言い続けた……。だけど、今のは……ごめん、もう限界。私は母親に向いてない。子供なんか産まなければよかった！

あっ！　ちびちゃん、ごめんなさい！　ママはそんなこと思ってないよ！　ママはどうかしている。ごめんなさい！　ママはどうかしている……」

私の人生の一一〇〇七日目

娘におっぱいをあげ、おむつを替えて寝かせる。主人を起し、コーヒーを淹れて息子のお弁当を作る。それから、彼の《今日の不満》の窓口になる。

「こんなお弁当はいやだ！　タオルはポケモンの方がいい！　水筒は赤いのにして！」

交渉の結果――タオルはポケモンにして、水筒も赤い方に替えた。お弁当の件は決裂し、お尻を引っ叩いて作ったものを幼稚園に持たせる。

主人とも似たようなもめごとがないように、

「夜は何が食べたい？」と訊いたところ、

「何でもいいよ！」と彼は寛大に答える。

主人の時間に余裕がなかったため、私が娘をおんぶひもにいれて、息子を幼稚園に連れて行く。すれ違ったママに「おはようございます！」と言ったら、返事が返ってこない。

《私よりやられている人がいるなんて……》

帰りにスーパーに寄って、買い物をする。ラッキー！　すばらしいノルウェーサーモンがあったので、夜のおかずはすぐに決まる。

お腹を空かせて帰ってきた夫にごはんを出したら、

「魚かぁ……」と呟かれて——

《朝、訊いたでしょう！　何でもいいって言ったくせに！　ぶつぶつぶつぶつ……》

私の人生の一一〇二〇日目
夜のうちに娘は熱をだして、やっと眠れたのは明け方近くでした。主人は寝坊をして、あわてて仕事に行き、私が息子を幼稚園に連れて行くことになった。例の《私よりやられている》ママとすれ違って、「おはようございます！」と言ったら、彼女は目もくれずに、過ぎ去った。《あれっ⁈　私って、もしかして、嫌われている？　でもなぜ？　一度も話したことはないし、他のお母さんと同じようにただただ挨拶しているだけ……寝てないから、気がおかしくなっているにちがいない》

午後、幼稚園に息子を迎えに行ったら、また彼女！　今回は違うママの挨拶に元気に返事をしているのに、私の「こんにちは！」はまたもや無視。女性は複雑な生き物だ……

私の人生の一二四三〇日目

目覚まし時計が鳴る前に起き、シャワーを浴びてお化粧をする。

朝ごはんを用意して、夫と子供たちを職場と学校に見送る。

洗いものを澄ませて、仕事に急ぐ。

……夕方、娘を学童に迎えに行って、帰りにスーパーで買い物をする。何にしようかなぁ？　主人は魚をあまり食べたがらない、息子はお肉がきらい、娘は野菜がだめ……

何にしたって、文句しか言われない。

クレームのシャワーを浴びながら夜ごはんを食べさせて、お皿を洗う。

子供を寝かせてから、顔にパックして、新聞をめくる。寝る前に目覚ましをセットし、明かりを消す。

《しまった！　子供たちのノートを買うのを忘れた。しようがない、あした買おう。息子の歯医者さんのあと。娘を音楽教室につれて行く途中……

はぁ、まったく……もう一本手が欲しい、もうひとつ脳味噌が欲しい、一日には二四時間以上欲しい……》

私の人生の一五三三〇日目
身支度を整え、夫とコーヒーを飲んでから洗いものを澄ませ、仕事に急ぐ。

残業をしてやっとのことで夜ごはんを作って、お皿を洗う。それから実家に行って、体調を崩している母のために料理を作って、洗いものをする。

は～あぁ……子育てで少し余裕ができたと思ったら、今度は両親の世話。かつての保護者が保護を受ける時がきた。あの強い、どんな風に吹かれても倒れない肝っ玉母さんが今は弱々しい老婆。見るにつけても辛くて、辛くて……。そして、あっという間に、あ・っ・と・い・う・ま・に、自分もそうなるでしょう……

深夜は、昔から見たかった「郵便配達は二度ベルを鳴らす」を見始めたが、《二度目のベル》が鳴る前に眠ってしまう。

私の人生の一六七一八日目

身支度を整え、夫とコーヒーを飲んでから洗いものを済ませて、仕事に急ぐ。

今日も帰りに、一人暮らしをしている義父の様子を見に行く。主人の父はとしのわりには元気で、料理と洗濯は自分で済ませるが、アイロンとお皿洗いは苦手。私が手伝っている。でも、週に二回では少ない。行くと、洗濯ものと汚いお皿があふれている。一日おきに行こうかな。

夜半の一時、やっとベッドにたどり着く。眠りに落ちる前に頭をよぎる――

《一体誰のために本が発行され、映画が撮影されるの？　誰が、いつ、本を読んだり、映画を見たりするの？》

私の人生の一七五〇〇日目

やっと土曜日。家は散らかる、家族はずらかる。一人でうちに残って、徹底的に掃除をする予定。子供たちは、誰と、どこで週末を過ごすかは言わず、あしたの夜ごはんまでに帰ってくる約束をして、いなくなる。主人の方はやけに詳しい――

「ペーラくんと、ほら、去年キャンプをした所ってあるでしょう。そこから五キロほど上流に、釣りに最適な場所があるんだって。今の時期、いわなだったかな、よく釣れるの。なんか最近、釣りに目覚めてさ……」と照れくさそうに言う。

そして着替えをリュックに詰め始める。ジッパーが閉まらないようだ。違うかばんに入れ替えるのに、荷物を一度全部出す。服と一緒にコンドームも床に落ちるが、私は見て見ぬふりをする。

「その川は魚ではなく、人魚が釣れるみたいだね」と皮肉たっぷりに言おうと思ったけど、私たち夫婦の健康に気を配っていることに感謝をして、何も言わない。

三人は出かけて、やっと落ち着いてお皿が洗える。音楽もかけないで、静寂を楽しむ。お湯が流れる音、泡をたくさん含んだスポンジの、シルクのような感触が伝わってくる。デカルト曰く「我思う、ゆえに我あり」だが、今の私には「我感じる、ゆえに我あり」というのがふさわしい。人生で大事な役割を終えた人は残りの時間をどう生きればいいんでしょうか。本を読んで、映画を見て、登場人物の喜びと悲しみを借りて、「まだ終わってないぞ！」と自分に言い聞かせるべきか？　それとも野原であお向けになり、流れる雲を眺めるだけか？

私の人生の一七六二〇日目

……お皿洗い……お皿洗い……お皿洗い……

《物を書く人のためには、誰が食事を作ったり、お皿を洗ったり、アイロンをかけたりしてくれるの？》

私の人生の一七七〇〇日目

きょうは何もしない宣言をして、一人で家に残る。「夜ごはんも作らないからね」と言ったら、「じゃ、久しぶりにみんなで外食しよう」と主人が提案する。だからきょうは、とことん何もしない！

三人が一緒に家を出て、ドアがカチャンッ。ほ～っ、やっと独り！

あっ、ごみ！　また出してくれない！　まったくもう！　なぜ、家から出る時、ついでにごみでも出そうと思わないんでしょう？　何年もしつけているのに！　自分にはごみ出しは似合わないと思っているのでしょう。三人とも。で、私は似合うってことになるよね。私、イコールごみ出し？　まったく！　しようがない、出してくるわ……

あ～あ、あしたは雨の予報、今日のうちに洗濯しておこう。それ以外、本当に何もしないからね！　念のためにポケットをチェックする。ティッシュに小銭、とれたボタン。出しておいてくれても罰は当たらないのに……うわっ、派手なしみ！　自分で気付かないかね？これは洗っても落ちない。急いでドライクリーニングに出さないと。また外に出なければばいけない！　私の《何もしない日》が……またもや家事で終わってしまう。もう！　頭にきてる！　シャツに火を付けて燃やしたいぐらい頭にきてる！　だけど、後片付けも自分がやらなければいけないから、ゆっくり十まで数えて、ちょっと落ち着かせてから、クリーニング屋に出かける。

夜、レストランで、

「きょうは、思う存分に自分の時間がとれたでしょう」と家族に訊かれて、

「そうね……いい一日だった。消防車を出動させないで済んだしね」と答える。

ポカーンとしている三人の顔を無視して、主人が頼んだワインを大げさに褒める。

私の人生の一八〇〇〇日目

朝――お皿洗い……昼――お皿洗い……夜――お皿洗い……（何か頭をよぎった気がするけど、えーっと……思い出せない……）

私の人生の二万日目

お皿洗い……お皿洗い……お皿洗い……

（もはや、頭をよぎりさえしない……）

隣人たち

結婚するとき、両親は私とヨワンにベオグラードの中心近くに中古のマンションをプレゼントしてくれた。

私たちの部屋は五階にあった。

上の階には、イワーノビッチの家族が住んでいた。おじいちゃんとおばあちゃん、両親、そしてあかちゃん（肉体的にはとても発達した少年、もしくは、知恵おくれの若い人――判断できなかった。通りがかりに二度ほど見かけただけだったから）。おじいちゃんとおばあちゃんは必ず立ち止まり、愛想よく「こんにちは」と言ってくれたけれど、両親は鼻先で何やらぶつぶつと言い、息子は無言で通り過ぎていた。

七階にはイリッチ一家が住んでいた。老いた両親と結婚していない中年の息子が二人。イリッチ夫妻も息子たちも、いつも丁寧に挨拶してくれた。もっとも、弟の方はちょっと変わった人だった――会うと目をそらす。でもはっきりと「こんにちは」と挨拶はする。

八階は、建築家のヴェーリコビッチ氏。五十歳くらいの魅力的な男性で、いつも若いお連れがあった。最初はイェーレナ――彼女は彼のところに四カ月いた。それからカーチャに――彼女は、長くいなかった。そしてまた他の娘に代わった。彼女の名前は知らないけれど、どことなくイェーレナに似ているような気がした。それからヴェーリコビッチ氏はリーリャとほぼ一年仲良く住んでいた――彼女は大学院生で美術史を学んでいて、私が見た中では一番年上だった。リーリャと別れた後、彼のもとには、個性のない人形のような女の子が次々と現れては消えていった。

建築家のヴェーリコビッチ氏はベオグラードの名家の出身で、ご婦人の手に口づけをするといったマナーの素晴らしい人だった。ほとんどの彼の恋人も、遭遇した時は丁寧に挨拶をした。私はイェーレナともリーリャともよくお茶をするほど親しくなった。

真上の階の人たちに関してはついていなかったように（このことの詳細は後程……）、下の階のたんぽぽさん――私たちはこう呼んでいた――も、神のおとがめ以外の何者でもなかった。

八十過ぎの小さなご婦人で、何年も前に未亡人となっていた。私たちや私たちよりも前から住んでいる人たちの知る限りでは、その広いマンションに彼女は独りで住んでいた。

親戚も子供もいなかった。あるいは、子供がいたのかもしれないが、彼女に耐え切れずに出て行った――私は後者の方が当たっているような気がする。いずれにせよ、たんぽぽさんのところへは誰も訪ねてこなかった。それは、私たちも、三階の住人達も確信を持って言えた。というのは、このマンションは防音対策が皆無といってよく、誰もが何でも聞こえていたし、誰もが何でも知っていた。こちらの理由は、物理的問題とは関係ないようだ。

引っ越したばかりでまだご近所さんを知らなかったころ、たんぽぽさんが、私たちの足音がうるさい、と言ってきた。

ドアのベルが鳴った時に、覗き穴から覗いたけれど、ドアを開けるのをやめた――子供のいたずらだと思った。というのは、ドアの前には何も見えなかった。それからまた誰かが、いらいらしたように、ドアのベルを二回ならした。その時ヨワンが来ていぶかしげに私を見た。男性がそばにいたので、開ける決心がついた。玄関先には、たんぽぽさんが立っていたのだった――やせて、干からびた体、同じような顔そして頭にはくしゃくしゃの白髪がたんぽぽの綿毛のようについていた。厚いレンズのメガネの端から私たちを厳しい目で見て、言った。

「下の階のコヴィリカ・ミロヴァーノビッチよ。このマンションにはあんた達だけが住んでるんじゃないのよ。私くらいの年になると、静けさが必要なの。眼は悪いけれど耳はよく聞こえるんでねぇ。歩く時にがちゃがちゃ音を立てないで頂戴！」

私たち二人は、呆然としてあやまり、そして静かにすることを約束した。彼女は小さくうなずいただけで後ろを向き、帰って行った。私たちは、あたかも上官に「解散」と言われるのを待つ兵士のように、しばらくドアの前に立ちすくんでいた。そして、お互いを見て笑い出した。

まもなく、笑うどころでなくなることも知らずに……

たんぽぽが次に現れたのは数日後、二組の若いカップルと六人で引越し祝いをしている時だった。お祝いの食卓と静かな（静かなだよ！）ジャズ。友人たちは、初めにアパートの部屋を見て回り、それから食堂に坐って食事をした。デザートとコーヒーは、居間で出した。これがその夜の全ての動きだった。あっそう、そう――数人がトイレに行った（もちろん一人ずつ！）。

でも、超敏感なたんぽぽさんの耳にはそれが、と、とっても！　だったみたい。で、玄関のベルが鳴った。

「ひとつ聞きたいんだけど、一週間に何回くらい、この、もう若くない女性の頭の上で、暴走をするおつもり？」

「あなたの御年に敬意を払って、申し上げますが、私たちのところでやっていることは、暴走でもないし、ダンスの夕べなんてことでもありません。六人の大人の、文化的な夕食会です。これであなたの静けさと心の安定が損なわれているようでしたら、ただお気の毒としか言いようがないし、防音の専門家に相談されるようお勧めするしかないですね。ごめんなさい、今はお客様なので」と言って、私はドアを閉めた。私の方から、とくに「解散」の号令は掛けなかった。

「ちょっと言いかたがきつかったと思わない？」ヨワンがたしなめた。

そう、ちょっときつすぎた。私はすぐにたんぽぽさんが可愛そうになった。私自身の上の階の人たちへのもやもやを、この哀れな一人暮らしの《もう若くない女性》（私とヨワンにとってこれは一番滑稽な老いの表現だった）たんぽぽさんに向けて、晴らしていると分かっていたから……

その時点では、まだ真上の階に住んでいるのがどんな人なのか、はっきりは分かっていなかったので、誰が何をしているか想像がつかなかった。上の住民が、大きな石を投げる練習でもしているような、二人の巨人が箪笥をボール代わりにキャッチボールをして、それを時々床に落とすような、何だか分からないけれど、今にも頭の上から落ちて来るんじゃないかと、毎晩天井を見上げて心配したのだった。

それから、エレベーターで上の階のおばあちゃんと知り合いになり、誰が住んでいるのかを知った。おばあちゃんはとても肥っていて、足が悪かった。彼女を見た時にある程度の事情が分かった気がした。でも、それはゆっくりとした重い足取りで、私たちが聞いているものとは違っており、神経を苛立たせるものではなかった。

わが家のお客が、もの言いたげに、驚いたように天井を見、それから私たちを心配そうに見るほどの酷い騒音。それは、何か他のものから起こるものだった。そこで私は本当の原因が知りたくて、そしてできれば、その「何か」が私たちにはまるで天災のように聞こえることを遠まわしにでも伝えようと思って、世間話をした。

「いつ引っ越していらしたの？　最近？　ああ、そうですか。何人でお住まい？　お二人だけ？　新婚さん？　それはおめでとうございます。お幸せに。セントラル・ヒーティングの調子はいかが？　そう、今年は今一つですね……。えっ？　何ですって？　全然分からないわ。私達がうるさいなんて……。もしかしたら孫かしら？　多分そうだわ。でも、仕方がないでしょ——子どもなんだもの。エネルギーが噴き出るのよ。じゃーまた」

そう言っておばあちゃんは、私が自分の階でエレベーターを降りる時、むくんだ手を振ってくれた。

それでヨワンと私は、自分たちの子供のころ、時々コントロールできなかった若いエネルギーがあったことを思い出し、理解して、上からの騒音を我慢していた。

ある夜のこと。激しい響きの後、天井の漆喰がパラパラと剥がれ落ちてきた……。夜十時のことだったけれど、よその家を訪れるのに失礼にならない時間帯を待つことも忘れるほど怒り心頭に達した。

ドアを開けたのはおばあちゃんの娘さん——年恰好の分からない、生彩のない女性。乾いた声で、何か用かと訊ねた。ドアのところには、すぐにおとな全員が集まった——おばあちゃんとおじいちゃんは微笑み、娘婿は無表情で私を見つめていた。

思いつく限りのお詫びの言葉と、できるだけ丁寧に説明した。

「多少のことではこんな時間にお邪魔はいたしません。でも……。うちの天井に罅《ひび》が入ったんです」

娘と娘婿が無言で私を見つめ続けるなか、おばあちゃんは全てを自分のせいにしようとして言った。

「それは、たぶん私のせいよ。あんまり太っているので、歩くと全てのものが振動してカチャカチャ言うのよ」

「いいえ、そんな音とは違います。誰かが飛び跳ねているような音なんです。何度も」

「私たちはぁー……跳び跳ねたりしなぁーいもの……」と、さも私の方が気が狂っているとでも言いたげに、娘は言葉を伸ばして言った。

「ええ、私もあなた方がとは思っていません。ただ、お宅の子供さんが……」と言いかけたその時、部屋の奥を《子供》が走り抜けた。彼は、興味を持ったのか、一瞬立ち止まったので、私は彼の様子をちょっと見ることができた。そして彼の両親やおばあちゃんは、私の唖然としている様子を見届けた——《子供》はパンツ一丁で頬を真っ赤にした、どう見ても十五歳くらいの若者だった。

季節は冬で、セントラル・ヒーティングは外套なしで辛うじて坐っていられる程度のものだったのに、興奮して熱くなった若者はTシャツも着ていなかった！

イワーノビッチ家の大人たちはみんな目を伏せてしまったが、おばあちゃんだけが消え入る様な声で言った。

「だって、子供なんだもの……」

石のように黙っていた父親が突然「オン」のスイッチが入ったかのように一歩踏み出し、一オクターブも高い声で、多分上の階の住人に聞こえるように、まるで新人の俳優がドキドキしているような感じで熱弁をふるいだした。

「そうとも。そうとも！　お宅だけが迷惑していると思ってるの？　もし、バイオリンとピアノのためのコンサートを毎日開かれたら、どうする？」

「そうそう」不器量な妻も目を光らせて言った。

「仕事から戻って、食事を済ませてちょっとソファーで一休みしようと思っても、クラシックを聴かされるんだよ！」

「その通り！　好きかどうかって聞きに来ると思う？　うるさい音が始まるかと思ったら二時間は夢中になってジャンジャンジャンだよ！」とクラシック嫌いの妻は、息子のように頬を真っ赤にして、怒りで声を震わせながら言った。

「うちの子供は、何と言っても、まだ小さい……」と静かに夫は締めくくった。

鬱積した不満を上の階のイリッチさんに伝えつくしたためか、あるいは子供が小さいだなんてあまりにもおかしな話だからか、発言を済ませた彼は後ろに下がり、そして《舞台》から消えた。

「それに、スポーツもしてるのよ！」と、母であり娘であり妻である人は甲高い声のまま付け加えた。

「そう……。空手をね……」とおばあちゃんは、済まなそうに眼を伏せながら言った。

「小さな子供さんに言って頂戴――もうねんねの時間だって！」

こんな宇宙人たちとはもう金輪際関わらないと決め、私は背を向けて去った。

六階でのいさかいから数ヶ月後。

市電の停留所から大きなおなかを抱えての帰り道、イリッチの奥さんが側に寄って来た。

「まあ、可愛いお嬢ちゃん！　ま～るくなっちゃって！」と私の姿を見て驚いたように言った。このところ長く逢っていなかったから。

「ええ、後一ヶ月、まだ大きくなるんです」私は自分の祝福すべき状態に酷く疲れていて、ため息をついた。

「夜はきっと、良く眠れないんでしょうね」

「そうなんですぅ。夜中じゅう寝返りを打って、あっちを向いたりこっちを向いたり……。私もそうですが、夫も安眠できないんです」

「ね、信じられる？　私も夜眠れないのよ。原因はもちろん全然違うけれど」とマダム・イリッチはため息をついた。

《年、病気……。でもこんなことは息子たちには話せないだろう》と思って、私は分かっているという顔をした。

「ここだけの話ですけど……」と彼女は小さな声で話し始めた。

私は、彼女を安心させるために、真剣な顔で小さくうなずいた。

「理解できないというわけではないのよ。私たちにも若い頃はあったんだし、それに結局、うちの息子たちは処女懐妊で生まれてきたわけではないし……」

「え、何事?」と目をパチクリさせたんだと思う。彼女が急いで付け加えたから。

「主人や息子たちは、いつも前置きが長すぎるって私のことを笑うのよ。それは、ほんとなの。で、私が言いたかったのは、八階に若い人が住んでいるでしょ? 本当に若いって意味じゃなくて独身っていう意味で……」

「建築家のヴェーリコビッチさんのこと?」

「そう。彼をご存じ?」

「いいえ、エレベーターでご挨拶するだけですわ。いつも若いお嬢さんと一緒ですよね」

「そのことなの! 彼は上の階にもう二十年も住んでいるんだけど、本当に度々ガールフレンドを替えるのよ。多分お気づきだと思うけれど、このマンションは上の音が筒抜けなの。それに私の耳はとびぬけていいのよ。ま、詳しくは言わないけれど、あの紳士は、ごめんなさい……五十歳になっても、精力絶倫なのよ。時々……」と言って、マダム・イリッチは、立ち聞きしている人がいないかとあたりを見まわし、それから、もっと密やかな声で「時々、一晩に五回もよ!」と付け加えた。

「ほんとぉ?!」私は、八階の隣人はなんて幸せ者なんだろうと思った。格好よくていつも若い女の子と一緒で、精力が有り余って、頭の上にはばたばた騒ぐものもいない。他はともかく、最後のことに関しては、私は彼を本当に羨ましく思った。

イワーノビッチ家の小さい子は、なおも半年の間、異常に活動的だった。その後は、家庭生活の普通の、そして耐えられる音――おばあちゃんの重い足取り、洗濯機の回る音、犬の鳴き声――しか聞こえなくなった。

次に私がその小さい子に会ったのは、マンションの入り口のそばだった。生彩のないイワーノビッチ夫妻と一緒に、背の高い若者で、明らかに夫妻に似ていたが、器量の良い若者だった。皮のジャンパーを着て、手には黒い革かばん！　を持っていた。数ヶ月前に見たターザンとはまるで別人で、変身というべきものだった。これは今になっても説明ができないものの一つだ。

六階の住人とはそれ以降面倒はなかったが、たんぽぽさんには、相変わらず私たちへの不満があった。私とヨワンはつま先で歩き、お客に対しても「鬼ババが来るよ」と脅して、この気ちがいじみたやり方を押し付けた。しかしながら、どんなに気をつけていても《鬼ババ》は必ずやってきて、がたがたうるさい音を立てると怒るのだった。ある時彼女は、私たちのところへ来る客は、蹄鉄を打って来るのではないかと訊ねた。その後私たちは、フェルト底の柔らかいスリッパを買い、お客も言いなりに履き替えていたのだった。

しかしながら、それも助けにはならなかった。私たちは、いやいやながら、うちの輝いている新しいフローリングの上に、絨毯まで敷いたのだった。彼女は相変わらず「やかましい！」と言っていた。

ある時たんぽぽさんがあまりにも明確な《フライング》を犯さなかったら、多分我々の良心の呵責は続いていただろうし、また何か違う新しい手を打っていただろう。

週末に私は、ヴルシャッツの友達のところへ泊まり掛けで訪問して、ヨワンは、日曜日のお昼まで寝ていた。たんぽぽさんがドアをけたたましくノックしなかったら、もっと寝ていたかもしれない。裸足で、もじゃもじゃ頭で、ボーっとしたままの彼に、たんぽぽさんはできる限りの毒々しさで言った。

「お若い人……あなたとあなたの奥さんがいくら稼いでいるか知らないけれど、もし必要なら私のわずかな年金の中からお宅の扉に塗る油を買ってあげるよ。知ってるかどうか分からないけど、お宅の台所にある戸棚のドアは全部キーキーいうんだよ。それとも、私の頭の上でキーキーいわせて楽しんでいるのかい？」

「信じられる？　僕は《はあっ?!》って言ったよ」ヨワンは自分の驚きを帰宅した私に表した。

ようやく私たちにも分かった――たんぽぽさんは単に一人ぼっちのお年寄りで、こんな方法でしか時間をつぶす、人と関わることができないのだ。それからは一切遠慮せず、つま先で歩くことも止め、ダンスパーティこそ控えたが、お客さんを呼び始めた。たんぽぽさんがドアの前に現れるのを当然の如く受け入れ、数日来ないと彼女の身の上に何かが起こったのではないかと心配する始末だった。

＊＊＊

うちのマリナは、私たちがデルジャービナ通り五五番に越してきた時には、もう歩いていたし、走ることもできた。そう、私たちは住む通りも町も、国まで変わったのだった。これから三年はモスクワっ子となる。会社はヨワンをモスクワ支店に移動させたのだ。このマンションでは隣人に関して本当にラッキーだった。

私たちが七階の快適な部屋に入ってから数日後、マリナはマンションのそばの子供広場で、ミレーナちゃんとカリーナちゃんという可愛いロシアの女の子たちと遊び始めた。

「カカーヤ・クラシーバヤ・ジェーボチカ（なんて綺麗なお嬢ちゃん！）」――知らないけれどなんとなく分かる言葉で、金髪で真っ青な瞳の美しいお母さんが言った。

マリナは自分が綺麗だということは知らなかったし、ロシア語はまだ分からなかったけれど、ロシア人の女の子と喜んで遊ぶには、ぜんぜん問題はなかった。

彼女たちのママ、イレーナに私たちが誰でどこから来たかを説明した。彼女は、私たちがスラブの同胞であること、また同じマンションに住むことをとても喜んだ。——子供たちにはお友達ができたし、自分にもお茶のみ友達ができたと……

「私たちは去年ここに越してきたの。でも、ご近所にはあまり恵まれていないのよ。みなさん親切なんだけど、子供がいなくて話が合わない人とか、ちょっと年上の人とかね。同胞とちょっとお茶を飲んで話したいじゃない？　すぐに分かると思うけど、ここは日本人と韓国人、それにインド人が多いのよ。私の夫も日本人で、たまにスラブ風お付き合いがしたくて寂しくなるのよ」

イレーナの一家がすぐ下の階に住んでいることが分かり、私はすぐさま、マリナが絶え間なく走り回ることを詫びた。ヨワンと私は、バレーダンサーのように指先から足をついて歩くことに慣れていた。たんぽぽさんの躾がとうとう抜けなかったのだ。だが、マリナはまるで永遠に跳ね続けるスーパー・ボールのようで、どうしようもなかった。階下のお母さんは笑った。

「うちの家族にしても、ご同様よ。その上、一人多いんだから……」と安心させてくれた。

しばらく経って、私はマダム・イリッチの不眠症のこと、またあまりにもエネルギッシュな男性が上の階の住人だというのはどういうことなのかを身をもって知ることになった。私たちの上、八階に住む（ああ、そういえばヴェーリコビッチ氏も八階だった！）隣人は、なんと言うか、本当に疲れを知らない人たちだった。私は、彼にも彼の奥さんにも心から感嘆した。

ある時、私とイレーナが子供たちを庭で遊ばせていると、男前のアジア人が話しかけてきた。

「ご紹介するわ。こちらは八階に住んでおられる吉田さん。こちらは、うちの上の階に越してこられたセルビアの方です」

「はじめまして」と、類まれに心地よい声で日本人のヴェーリコビッチ氏は挨拶し、私を、なんと言うか、流し眼でみた。

「あなたの国には行ったことがあります。セルビア人はとても魅力的な人達ですね、特に女性は……」

《この女たらしめ！　私に安眠を頂戴！》と心の中で叫びながら、祖国を褒めてくれたことにお礼を言い、砂場へ戻った。

「彼はあなたのこと、気に入ったのよ」とイレーナが言った。「女性に自分のことを印象付ける時だけ、あの声になるの。男性に対してはああいう風には話さないのよ」

「彼でしょ、私たちの上に住んでいるのは？　奥さん可愛そう……。一晩に何回も夫婦の義務を果たしているのよ」

「あ〜、それは愛人よ。奥さんはお産で日本に帰ったの」

「なんですって？　信じられない！　日本人って浮気するの?!」

「まぁ、何という偏見！　日本人だって宇宙人じゃないのよ——同じ人間。もっと驚くことがあるわよ。あのねぇ、日本にはラブホテルっていうものがあるの。聞いたことある？」

もちろんそんなことは知らなかった。日本について一体何を知っているだろう？

人々がいつもお辞儀をしている、遠いエキゾチックな国……

「奥さんがいない今、彼に愛人がいるってどうして知ってるの？」

「大使館ではみんな知ってるわよ。うちの主人はゴシップづくりをする人じゃないけど、他の人から聞いたそうよ。うちの家政婦さんは彼のところにも週に二回行っていて、お掃除やアイロンかけをしているの。彼女が言ってたんだけど、奥さんが日本に帰ったその日に、知らないご婦人が現れ、絨毯にはいたるところに金髪が落ちていたって」

「ツッ、ツッ、ツッ」驚いて舌打ちしかできなかった。

この、一見普通のマンションには、ロシア人が一番少なかった。私たちの棟には韓国人、インド人、それからイレーナの家族——ご主人は日本の方で彼女はウズベキスタンの出身。

一緒に住んでいる彼女の母上はタジキスタン生まれとのこと――そして大勢の日本の方々。私たちの上の階の《ベッド戦線の英雄》と中野イレーナ一家の他に、五階のご主人が日本のNHKの特派員という松村さん一家と、四階には住友商事の駐在員の鈴木さんがいた。

松村夫人は息子を連れて一緒に庭に遊びに出ることはあったものの、大知君はもう五歳になっていたので、小さな女の子たちとは遊んでも面白くないようで、あまり長くはいなかった。階段ですれ違うと、松村夫人はいつも感じよく微笑んで、お辞儀をしてくれた。

初夏にイレーナが日本フェスティバルに招いてくれた。毎年七月のある土曜日に、ゴーリキー公園では、日本の文化――茶の湯・生け花・お習字・日本の武道などを紹介している。わが家はイレーナについて歩いた。説明を聞いて写真を撮り、日本の珍味をあじわい、時々は勝手に走り回るマリナの後を追った。

ツアーの途中で、イレーナを歓待する日本人グループに会った。イレーナが言うには、日本語を少しでも知っていたら、日本人は大いに感心してくれるということだった。それも、ある程度日本語に似ていれば、「日本語がお上手ですね」と感激してくれるとのことだった。

親切なロシアの隣人、つまりイレーナがそこにいた日本人メンバーを紹介してくれた。乳飲み子を連れた若い女性は吉田夫人。そう、数週間前から、ベッド上の戦いの音が止み、代わりに赤ちゃんの泣き声が聞こえるようになっていた。

イレーナは彼女に私達が何者かを説明し、か弱そうな女性は腰を二つに折ってお辞儀をした。子供を抱いてこんなに深くお辞儀をすることは、私にはできないと思う。彼女は、私達と同じ程度のロシア語で、赤ちゃんの夜泣きがうるさくて寝られないでしょうと謝った。

彼女には、もちろん、彼女が帰ってきてからの方がずーっとよく寝られるなんてことは言わないで、ママ経験者として慰めた。

「とんでもないです。まだ、本当にやかましい子供ってものをご存知ないんですわ。これからお宅のお子さんも大きくなるとお分かりになるでしょうけど、うちの子も疲れなんて知らないように走り回りますの。中野さんご一家には重々謝らなければ」と私は、イレーナのご主人に同じような優雅なお辞儀をしようとしながら言った。

「すみません。中野さんは一日中激務につかれて、夜だけでもゆっくりお休みになりたいでしょうに、うちのマリナときたら十一時にエンジンがかかって一時過ぎまで大人しくならないんです……」

「よしてください。私だって子供がどれだけ騒がしいものか、よく知っていますよ。うちの娘たちはオペラ歌手にでもなろうとしてるんです――キャーキャーが始まると鼓膜が破れそうになります。松村ご夫妻は大変だろうと思いますよ」と言って、松村さんに私の分からない言葉、すなわち日本語で話し始めた。想像するところ、彼の家のオペラ歌手のお詫びをしているようだった。

すでに完全に日本人化したイレーナは、ご主人に寄り添ってお辞儀をし、一番美しいアジアの言葉で話していた。

松村夫妻もお辞儀を返しながら歌うような言葉で話し、笑顔を浮かべて手を横に振っていた（《そんなことはありません》を意味するジェスチャー）。それから、別の日本人男性のほうへ振り返った。

「鈴木さんよ。四階の」とイレーナが囁いた。「見てて、彼もお辞儀して、大知君のたてる音など気にならないって言うわよ。でも、実は違うの。前に鈴木さんのところで夕食に招かれた時、すごくやかましくて、この五階の小僧を怒鳴りつけてやろうかと思ったくらいよ！」

鈴木さんは一番の年長で、あまり大きな動作をすることなく、松村夫妻に軽く会釈をして、「大丈夫ですよ」と言った。

それからは再び日本の文化を満喫した。

このマンションでの三年間は愉快で日本的だった。

そして、私達はまたベオグラードに帰った……。ああ、いつになったら夫の会社が東京に支社を開くのかしら……

繊細な男

私はスネジャナ、田舎女子。

ドーニェ・ヴィードヴォという村で生まれて、今も同じ村に住んでいる。

それに未婚女子でもあり、三七年貫いている。性格が悪いことと、増加傾向にあるようだが男らしくない男性が気持ち悪いことから、恐らく父の家庭の手伝いとこの小さなお店の売り子のまま、行かず後家で老いるのだろう。

だからと言って《売れ残り》の田舎生活が苦になっている訳ではない。むしろ逆、満足している。決して難しくない仕事からは、多くはないが毎月給料を貰えているし、働きながら趣味の人間観察を満喫することもできる。新鮮な空気を吸い、きれいな泉の水を飲み、父と自家栽培しているオーガニックの野菜と果物を食べている。ちなみに父はまだ十分若く健康で、自分の世話は自分でしている。

欲しくもないが、夫も子供もいないので自由な時間は完全に私のもの。有名なロシアの女性彫刻家アンナ・ゴルーブキナがある友人への手紙に書いている「あなたが創造的人間になりたいのであれば、結婚はせず、家族も持つべきではありません。芸術は束縛を好みません」。それで私も束縛を避けて生きている。もっとも、芸術界がそのことから何かを得たとは言えない。私の描いた絵は、屋根裏に置いてある。真面目に絵を描く情熱もなければ、特定のサークルで居場所を作る気力もない……ま、その話はいい。

短い間席を置いた大学の文学部の賢いオジサンたちに、女性と文学は縁のないものだと説明されなかったら、今ごろ何か書いていたかもしれない。短篇小説とか、随筆とか……。人間について書きたかった。私に何か精通しているものがあるとしたら、それは人間である。一キロ離れていても偽りは嗅ぎ分けるし、不器用で全体の印象が悪くても芯の良い人なら私には見分けがつく。ハ、ハ、エンドウ豆の上に寝たお姫さまそのもの！　洞察力でお金を稼げるなら、私は億万長者。

人のこととなると私は間違えない。ついこの間も証明された。あのクソジジイ（そう、もはや文字通りじじいだろう）ミハイロはゾキ君にシルヴァナと私についてあることないことベラベラ喋った（ゾキが半世紀も年下だというのに）。ゾキが私達の村の名前を言った途端、クソジジイはスネジャナを知っているかと訊いたそうだ。

「もちろん、スネジャナは父親とうちの隣に住んでいます。遠い親戚に当たります」

「父上と住んでる？　結婚はしてないってことだね？」

「そうですけど」

「当然だよ。あんなのを誰が嫁に貰うの？　あれは女じゃない、針鼠だよ」

彼はそれなりに正しい。私の性格は決していい方ではない。もの言いはつっけんどんだし、口も悪い。もっとも、その性格の悪さも歳と共に少しずつ目立たなくなってはきている。禅の修行者まがいの父の影響か、最後に激怒したのがいつか覚えていないほどだ。口数の少ない父のそばにいて、昔盛んに使った激しい言葉がほとんど出てこなくなった。

昔の私はとにかく酷かった！　思ったことはずけずけ言う。誰かが逆撫でをしてきたら、語彙が最も豊富な辞典にも載っていないような言葉で叩きのめす。仕方のないこと——私の育児担当はミリンカお婆ちゃんだった。祖母の、普通の人はとても口にできない《下》の名詞とそれに関する動詞の《三階建て》の罵詈雑言は遠い県まで有名だった。意味なく人に当たることはまずなくて、それなりの理由のある相手には思う存分のことを言うだけだったので、表裏のない人間として皆に慕われていた。彼女の葬儀の時、恥をかかされた数人は根に持ったことを隠さなかったので、私は祖母顔負けの言葉で彼らを追い出した。それ以来、ミリンカの精神はまだ生きている、孫娘も祖母と同じぐらい扱いにくい人間だと村中の人が理解している。

ミハイロと初めて会った頃の私は、正にとげとげしかった。一七年経った今も、彼はそれを忘れることができないらしい。

シルヴァナのことも覚えているようだ。ただ……いくらか……


シルヴァナは私の幼馴染。一つ年下だけど七歳の皆と一緒に六歳のシルヴァナも小学校に入り、一二年間ずっと私と同じクラスだった。家も隣同士で、いつも一緒に登校した。あまり関係ないけど、私達の家族も遠い親戚（村人の半分近くが何等かの親戚）だということもあり、結果としてシルヴァナとは切っても切れない仲だった。友達同士と云うよりも姉妹みたいな関係。友達なら自分で選べるが、妹は否応なしにいる。シルヴァナもそんな感じだった。

幼少時代からシルヴァナとはほとんどいつも一緒にいた。一緒に遊んで、私が彼女をいじめたということだけど、喧嘩もした。そして仲直りした。それは彼女が私を許してくれたということ。しばしば二人で宿題もしたし、映画館やディスコにも一緒に行ったりした……。言い換えると、私達は物理的な空間を共有したけれども、自分の情緒的空間にはお互いを入れなかった。もっとも、お互いの心を覗きたいとも思わなかった。シルヴァナは学校に数人の《一番の》女友達がいて、年がら年中コソコソしていた。その同盟には私を誘わない——どうせまた「お前、アホだよな〜」と言われるから。

若いころは本当に馬鹿だと思っていた。大人になってからもその意見が大きく変わることはなかったけれど、単純に頭が空っぽというよりは、軽々しく物事を信じるタイプであることが分かった。誰がどうみてもでっち上げと云うものでも、シルヴァナは額面通りに受け取る。十四、五歳の頃、私はシルヴァナに売り込むためにでたらめな話を作ることを趣味にしていた。彼女はまるごと信じていたけれど、数回やけどして「シルヴァナ、あんたは希な馬鹿」と言われてからは、疑わしそうに目を細めて聞くようになった。それでも少し演技に熱意を入れさえすれば、シルヴァナは目を見開いてため息をつきながら「凄いね～」「世の中には奇妙なことが起こるのね～」と連発する。その担ぎ劇の最終幕は私の台詞「いやシルヴァナ、そんな奇妙なことは実際に起きはしないの。それより奇妙なのは、そんなことをすぐに信じるあんたみたいな馬鹿がいることよ」

さすがのシルヴァナも唇を突き出してむっつりし、学校が終わるまで私を無視するけれど、帰りはまた一緒。何もなかったように家までベラベラ喋る。考えてみると、私の幼稚ないたずらをまともに相手にしなかった彼女は、私より早く大人びていたということかもしれない。

間もなく私もでたらめなストーリーを考えることが馬鹿々々しくなって止めた。シルヴァナはどうも真面目に男子に興味を持ち出してデートもするようになったらしい。《らしい》と云うのは、彼女から直接聞いたのでなく、何となく分かったからだ。彼女は私とその類いの話をしなかったし、私はと云うと、別に、聞き出すほど気になっていなかった。

デートの相手なんて、笑えるわよ！　私は村の若い男子をみんな知っていた。あの単細胞連中のことでシルヴァナの心臓が動悸を起こすと思うと、より優越感に浸れるのだった。その頃の私は文学に没頭していた。チェーホフ、トーマス・マン、ゴールズワージー、彼らのように書けたらな……。同時に少しずつ絵も描くようになった。文学と芸術に関しての夢をシルヴァナに明かすことはなかった。何しろ、彼女はお馬鹿さん。そして、何と言っても、私自身がまだ人生で何をしたいかなど、はっきり分からなかった……ま、この話ももういい。

高校一年と二年の間の夏休みに私も恋に落ちた。彼サーシャはニーシュ市に住んでいる大学生で、二週間ほどこの村にいる祖父母と過ごすために訪れた。朝から晩まで畑仕事を手伝って老人たちと一緒だから退屈だろうと、ディスコにでも誘うように彼のお婆さんに頼まれたのだ。町から来たかっこいい男の人と連れ立って村を歩いたら「スネジャナには彼氏ができた」と噂が立つのに十分。しばらくして私は自分について――私より詳しい村人から！――次のようなことを教えられた。

――彼とは一年前にニーシュに住んでいる私の親戚の家で知り合った、と。（私にはニーシュに親戚はいないのに！）

――それ以来私は大学生のサーシャと文通している。だから村の男子に対してあんなに冷たいのだ、と。（サーシャがいなかったとしてもあいつらなんか相手にするもんか?!）

――将来私はニーシュ大学の経済学部に入る、と。（この私が経済学部?!）

サーシャは色々なことについて興味深く話すのも得意だが、聞き上手でもあった。その上、いい男――恋に落ちずにはいられなかった。しかし、彼には彼女がいた。それは最初の日に教えてくれて、勘違いするようなことや希望を与えるようなことを何一つしなかった。そのせいで彼を尊敬し、益々好きになった。初めて誰かのことを想って、その夢を実現できないじれったさにはどこか変な、マゾヒスティックな快楽もあった。

シルヴァナも彼に目を付け、ディスコで数回誘った。あえてスローな曲を選んで彼の首に腕を回し、意味深な目付きを送りながらヒップを官能的に回していた。しかし効果はなかった。サーシャが帰る日が近づいても、シルヴァナの網は空だったので釣りは必死に続いた。彼女の祖父のお葬式でも、遠慮なく！　サーシャと私は並んで立っていて、シルヴァナは棺桶の反対側にいた。彼女はずっとコケティッシュに髪をいじったり、暑さで失神しそうとブラウスを胸元で大きく開けたりしながら流し目で、自分の行為にサーシャが反応しないか見ていた。その日私は我慢できずに彼女に言った。

「この売女め！」

ま、壁に向かって言っているようなものである。こんな誹謗にはどんな女性でもひどく傷つくのに、シルヴァナときたらピクッともしない。それからも、私と一緒に学校にも映画館にも行ったし、作った洋服を見せたりと普通に振舞っていた。しばらくして二人ともベオグラードの大学に進学し、親に二人用の部屋を借りて貰った。

正直なところ、ルームメイトとしてのシルヴァナは完璧だ。自分の持ち物は自分の箪笥にきちんと入れ、彼女の靴・鞄・教科書の類に躓《つまず》くこともなかった。掃除・洗濯はいつもきちんとやっていた。さらに何より嬉しかったのは、シルヴァナが滅多に部屋にいなかったこと。何処で寝泊まりして何をしているのか私も訊かなかったし、彼女も教えてくれなかった。時々一緒にコンサートとか劇場に行ったり、お互いの新しい知り合いのパーティーに連れ立ったりはしていた。そうしたある日、ミハイロに出会ったのだ。

シルヴァナの同級生のホームパーティー。大勢の若者が広いリビングに四散している。床や椅子に坐ってお喋りする人もいれば、立って静かな音楽に合わせてユラユラしている人もいる。シルヴァナと部屋に入るや否や、私の眼はアームチェアにゆったりと坐っている若くない男に留まる。彼の周りに数人の可愛らしい女の子と、そのグループにそぐわない一人の眼鏡をかけた男子が坐っている。一瞬のうちに中心の男を頭のてっぺんから足のつま先までスキャンする。白髪交じりの薄くなった髪をポニーテールに結んで、左耳にピアスをしている。そして、他の人は気付かないだろうけど、私は見逃さない――モデルのように組んだ足の間、僅かに見える空いたチャック。手は女性のようにデリケートで、長い指を膝で絡めている。瞳はグレー掛かった青色で、新参の私達二人を興味深く見ている。すかさず診断する――《クソジジイ。人生から取り残されて同年代の人と共通の話題がないから尻が青い大学生の前で偉ぶっている》。近いうちに私の人間観察は――またまた！――正しいと判明する。

客が多くて、ホストは私達に取りあえず一番近いグループを紹介する。正に、偉そうにクソジジイが中心に坐る一団だった。

「では紹介します」ホストが言う「これは私の同級生のシルヴァナと彼女のルームメイトのスネジャナ。お嬢さんたち、楽にしてね！」と私達に言ってくれる「そして時計回りに、ニコラ、マイヤ、ネーナ、ラーダ、マーラ、ターニャ、そして私の叔父ミハイロ」

「その《叔父》はやめてくれない？　お嬢さんたちに年寄りだと思われちゃう」クソジジイは私達に色目を使う。

私は入念にインテリアを見廻す振りをする。こんな台詞は大嫌い。

「とんでもない！　どう見ても人生の盛りです」シルヴァナはすぐ相手にする。

《相変わらず頭も尻も軽い奴》私は呆れてたばこを吸いにバルコニーに出る。

「そこの美女たち、君たちはパラチンとかチュプリア市辺りの出身じゃないかな？」

「まぁ～ミハイロさん、お見事！　私達はパラチン市近隣のドーニェ・ヴィードヴォという村から来ています。どうしてお分かりですの？」シルヴァナは感銘を受けている。

「話せば長くなる」とミハイロは手を振り、顔には《俺が行った所と見てきたことはお前らには計り知れない》という表情を浮かべ「あのさ、美しいお嬢さん、躾がなってないぞ。敬語を年寄りでない人に使うのは失礼だよ。気を付けなさい！」

叱られた《美しいお嬢さん》は謝って、それからずっと「いやだミハイロ、やめてよ～」とか「ミハイロ、それはめちゃめちゃいけてるぅ！」と感動を露わにした。

ミハイロは本当に《めちゃイケ》だった。彼がその晩語ったとても信じられない話からすると、彼は最高に良い人生を送っている。もう少しで偉大なピアニスト、そして画家と詩人になり得た男である。彼のプライドの絡む何かがあって、画家になり損ねたそうだ。詩人ではあるけれど、あえて詩集を出さない。これにもまた誇りの絡む理由があるらしい。その他にリビアかどこかで蠍《さそり》の狩りもしたし、ブータンかタイのプリンスの「マブダチ」（本人の言葉）でいて、我が国セルビア政府の数人の大臣（「名前はひ・み・つ」）の星占いアドバイザーもやっているそうである。所々話が矛盾して、突っ込もうかと思ったけれど面倒くさかった。シルヴァナは口を開けてそのでたらめに聞き入って、目がキラキラしていた。ミハイロは若い女性に受けている自分に益々酔って、若者が使っている「やばい」「マジ」「めちゃめちゃ」を連発した。

そのうち彼はいきなり喋るのを止め、わざとらしい目付きを私に送った。

「ね、シルヴァナ、君の友達はなんて無口。それとも何か言いたいけど、俺の話の腰を折るのが嫌で遠慮してるの？　ね、スネジャナ、どっち？　言いたいことがあれば教えて」

床に坐っている私への長〜い上から視線。どう見ても、若い田舎娘が今に顔を赤くして支離滅裂に喋り出す瞬間を楽しく期待している。

《はァ……クソジジイ。あんたは今日運勢が極めて悪い日なの。相手を思いっきり間違ってる。私はどぎまぎしない性質《たち》だよ》と私は心の中で答え、真っすぐ彼の目を見た。あえて返事をしない。もう少し、もう少し……沈黙は長くなり、今に破裂しそう。彼と回りに坐っている連中の決まり悪さがピークに達した時、フラットに言った。

「チャックが空いていています」

一瞬、彼の顔の全てのパーツが反対方向に走った。あんなに面白いびっくり顔は久し振りに見た。咳払いとともに素早くチャックを閉め、彼は立ち上がった。音程の定まらない高声で「さ、みんな、飲もうか」と言うとバーの方にパタパタと歩いた。

皆もミハイロについて行き、私はまたたばこを吸いにバルコニーに出た。シルヴァナは私の方に振り向き、憎悪たっぷりの目を細めて舌をみせた。

バルコニーから戻ると、一同は再びミハイロを中心に集まっていた。語り手は新たなおとぎ話を始めている。

「……マリア・カーラは超美人だった。目は真っ黒黒、髪も黒くて長い。足も長くてスカートはいつもミニ。シルヴァナ、君は結構彼女に似てる」ミハイロはゆっくり唇を舐めながら視線をシルヴァナの曲線の上に滑らせた。男性はシルヴァナの生きがいと言っても過言ではないけれど、この強引なナンパはシルヴァナを揺さぶった。赤くなった頬を髪で隠してみたり、明らかに落ち着かなくなった。床に坐っていたせいで短いスカートが豊満なヒップの上へよじ登り、シルヴァナは必死に下へ引っ張るのだがすぐまた上へ滑り戻る……。その間もミハイロは彼に首ったけだったイタリアの美女の話を続けた。それはどうも随分前に彼がアドリア海のバーリ市でカジノのディーラーとして働いていたころのラブストーリー。

「もう、あれだよ、スンゲー恋に落ちた。そんなの初めてだったから、俺は結婚すると決めた。もしうまくいかなけりゃ、アドリア海に身投げしようと思った、ああ。マリア・カーラも俺から離れない、朝から晩まで『アモーレ・ミオ、アモーレ・ミオ』ばっか。だけどさ、結婚なんか無理な話だって、潜在意識的に分かってた。あいつのオヤジは大金持ちで、俺は怪我でピアニストになり損ねた、カジノのバイト。愛娘をくれるわけねーだろうに。だけどあいつは大丈夫だって。心配しないで一度会って、我々の愛は純粋で彼女は俺無しには生きていられないとオヤジが分かったら、娘にノーとは言えないってんで、俺は一張羅のスーツを着込んでネクタイまでして、花束を手に家に来たら——家なんてとんでもない！ お城だよ、お城！ 大理石に金縁の鏡とクリスタル。召使たちは音を立てずに料理を持ってきて、スーと皿を下げる……。で、オヤジはイワン雷帝そのもの！ 最初は丁寧で、世間話に世界の政治情勢と経済云々……」

「あら、ミハイロ、イタリア語もペラペラなの？」一人の女の子が訊いた。

「いや、英語で話した。で……どこだったたっけ？ あ、そうだ。他愛のない話の間はいいカンジだったけど、マリア・カーラが俺に《本題に移れ。あたしへの愛と尊敬について》話せと目でサインを出すから俺が言い始めたら、オヤジはその瞬間に血走った。俺を侮辱し始めて『一体何様だと思ってる?!』だの、『娘に近付いたらただじゃ済まない』だの……。俺は初めのうちは落ち着いていて敬語を使い続けたけど、余りにも言うからブチキレちゃって、『この野郎、よく聞け！』なんてさ……」

《多言語に通じている人》に、英語にはセルビア語のような敬語なんか存在しない、と説明したかったがやめた。第一、面倒くさかった。そして、父達の年齢の人に度々恥をかかせたらと、私でさえ可哀そうに思った。

「……要は、俺はマリア・カーラと別れることになった。バーリを出る時にもう一度あの家に行って、別れにマリア・カーラに小さくて黄色いひよこをプレゼントした……」と、バルカン半島のロメオがその悲しいラブストーリーを効果的に終えた。

「ま〜、ロマンチックですね……」とシルヴァナが感動を表した。別の二人の女の子も「スゴーク・ロマンチック」だという見解を示した。私はというと、笑いが止まらなかった。どんどん可笑しくなって、ゲラゲラ笑った。腹筋が痛くなるほど笑って、涙も出た。「信じられない！　ひよこをあげた！　ひよこを」と繰り返しながら笑い転げ、涙がマスカラを流している私を皆は精神病患者のように見ていた。

全員がとまどった視線を交わし、シルヴァナは明らかに私にくたばってほしかった。クソジジイは神経質そうに唇をかみ、可愛そうな頭のおかしい女の子に対して寛大な態度を装って言った。「で、何が面白い？　言えばいいじゃない、そうしたら俺たちも笑えるかも」彼はやっと苛立ちを抑えていた。

「ミハイロさんのひよこは」私は真面目に話し始めた「二か月後に大人の雌鶏《メンドリ》になりました。日中はコッコッコッコと鳴き、思いがけない所で卵を産んでいました。そして……あれです……大理石の床中にあれを落としていました。お城の人は皆、ミハイロさん好きなマリア・カーラと嫌いなお父さんも含めてそれを踏んで高いイタリア製の革靴を汚しました。それだけではない――うっかり歩くとツルッといっちゃって、滑って転んだりもしたでしょう」私はまた笑い転げていた「チャプリンの映画みたい」

そこでニコラも笑い出した。女の子たちはまだ、老いたロマンチストを可哀そうに思っていたようだった。

「そして、あれが雄だったら、早朝からコケッコーと鳴き始めたに違いない。可愛そうな《ドン・コルレオーネ》はマフィアボスの決して楽ではない一日の後でちゃんと睡眠が取れなくて……想像してみて――部下たちが消音器を付けた拳銃やスナイパーを片手に朝の五時からミハイロさんの大きくなってしまったプレゼントを追いかける」

ここで他の人達も遠慮のかけらもなく涙を流してゲラゲラ笑い始めた。シルヴァナと彼女の新しい偶像だけが渋柿を食べたかのような表情だった。

あの男が一体何をして生計を立てているかは、私の二年のベオグラード滞在中にもとうとう分からずじまいだった。もっとも、知ろうとしたわけでもない。その後数回しか会っていない――シルヴァナと劇場やコンサートに同行した時に、彼も何回か加わった。劇場でミハイロは有名で綺麗な女優さんと《親しい》仲をほのめかした。コンサートでは演奏者のテクニークを上から目線でコメントした。彼のモノローグには芸術界の欠点が彼一人にしか見えない知的な疲労と哲学的な諦めの雰囲気があった。

最初に会った日に、私はミハイロを注意に値する人間のリストから削除して、以後彼のおとぎ話に耳を貸さなかった。話は聞かなかったが、彼が時々私の方へ神経質そうな視線を送っていることには気付いていた。恐らく、また笑われるのではないかと思っていたのだろう。新たな《ひよこ的》なナンセンスを言うまいといくら努力したところで、冷笑的な聞き手が突っ込む機会はいくらでもあった。けれど私は、第一に面倒くさかった、そして第二に自分のウイットをシルヴァナと彼に披露するなんて、全く豚に真珠。シルヴァナはというと、私がミハイロを笑いものにした時も黙って聞いていた時も同じように攻撃してきた。

「あんたがミハイロのことをどう思っているか知ってるわよ！　他の人もそうだけど。あんたしか頭が良くなくて、他の人はみんな馬鹿だと思ってるでしょう。でもね、言っておくけど、ミハイロは繊細で創造的な人なの。彼は自分の中の子供を大切にして、世界にオープンに、無防備に接している。それも氷山の一角に過ぎない！　その中は優しさ、寛大さ、そして神を恐れ多く思う謙虚さの宝物が潜んでいる！」

《なるほど。美しいお嬢さんは最近大学よりミハイロを訪ること多しって感じ。最近までこんな表現は用いなかった》反論をしようともせず、私は思うのだった。

私はシルヴァナと文化行事に同行することを徐々に減らした。何しろ、毎回クソジジイも付いて来て、シルヴァナがその後で私に熱弁を繰り返す。

「あんたね、酷いにも程がある！　形だけでも時々頷いたり、彼の存在に気付いたりしているると示せないかね?!」二十歳の情熱をぶつけてくる「失礼極まりない！」

またはーー

「運命が私をミハイロに合わせてくれたのに感謝をしてるわ。彼を見習うことが多くてね。男は一つにしか興味がない、と皆言うじゃない？　でもミハイロは違うんだという完璧な例なのよ。彼とは何時間も大人しく音楽を聴いたり哲学を語ったりすることが多い。時には会話もしていないーーそれぞれの椅子に坐って本を読んだり……。あるいはマッサージをしてくれる。彼はね、マッサージの勉強をしててプロ並みにできるの。それでね、彼は一度もへンなことをしようともしなかった。言いたいこと分かるでしょう？」

その他にこんなことをも聞かされたーー

「……で、彼は彼女を忘れることができない。人生最大の恋。一冊のノートは彼女に捧げた詩で一杯なの。その女性は結婚をしていた。しかもご主人はかなり有名な方だったので、ミハイロは家族からもその関係を隠さなければならなかった。そして彼女は未亡人になってもミハイロと一緒になれない事情があって彼女は外国に越して行ったのに、ミハイロは未だにそのラブストーリーを秘密にしている。私にしか話していない。彼と私は通じ合う何かがある。彼はそれを感じて、打ち明けてくれたの」

ベオグラードを出なければ、とんでもない数のミハイロへの讃美歌を聞かされただろう。

文学部の授業は意外とつまらなくて、学校に向かう意欲が日に日に薄れていった。教授と准教授（ちなみに、ほぼ男性。大学は未だに男尊女卑）は「安い給料分以上働くもんか」という態度を基本的に隠さなかったし、唯一雄弁になったのは女性は学問にも文学にも向いていないと訴える時だった。「趣味で詩を書くならまだしも、小説となると……」彼らは鼻で笑っていた。文学の扉を固く閉め、私達女子学生ばかりでなく、既に認められている女流作家でさえ入れない。男性が書いた小説なら、読めたものでなければないほど熱心に何ページも読んで賞讃する。こいつらとは付き合ってられないと分別した日を良く覚えている。霊安室で働いている男が自分の歪んだ性的ファンタジーを実現する細部描写の小説を引用された時に、忍耐の緒がプチッと切れてその日に退学届を出した。

ちょうどいいタイミングに父の就職先が倒産する。皆にとって晴天の霹靂ではなかったにせよ、大きな打撃だったには違いない。父と私だけが喜んだ。私は、大学を辞めるいい口実ができた。家族の収入が激減して、ベオグラードで部屋を借りられなくなったから。父は、代り映えがしないデスクワークが嫌いで、ラズベリーやぶどう、プラムの栽培に専念したがっていたからだ。

うちの畑はあまり大きくないので、「オフィスで寿命が縮まるから……」と父が何度か言い出した時に、母は鬼のような顔をして彼が仕事を辞めたら私達は餓死する、と喚いた。

「それからね、私は農家じゃなくてインテリと結婚したの。無農薬の果物を栽培するのが天職だなんて、笑わせないで！　冒険をするにはもう遅い――鏡を見てちょうだい、すっかり白髪になっちゃって」

ベオグラードを後にして村に根を下ろそうとする娘と夫に――それはどうも、高すぎる期待を抱いていた母にとってはトゥーマッチだったようである。間もなく母はあるパラチンの新聞記者と関係を持ち、父と離婚して出て行った。以来家は、父と成人になった娘が口数少なく《今》を生きる、静かで居心地のいい場所になった。


ゾキ君は週末にベオグラードから帰って、私の小さな店に寄ってくれた。営業時間も終わりが近くて客が少なかったから、ゆっくり二人でコーヒーを飲んでお喋りができた。その時にクソジジイとの出逢いについて話してくれた。

「ね、スネジャナ、ミハイロという年配の男性を知ってる？　シルヴァナの知り合いだって。彼女の同級生の叔父とか言ってたような気がするけど……」

「ああ、覚えてる。私はクソジジイと呼んでた。哀れなような、気色悪い人物よ。どこで見つけたの？」

「そうだ、僕もクソジジイと言いたくなった！　ある本を取りに行ったんだ、彼の家に。友達が体調を崩してね、試験の為に必要なその本を代わりに取りに行ってと頼まれたんだ。まず彼と電話で話した。その時にすでに嫌な予感がした。何というか、不自然な馴れ馴れしさかな。僕は玄関先で本を受け取って、すぐ帰るつもりだった。

彼はなんちゃって日本風の、ドラゴンプリントのローブで出迎えてね。干からびた胸は丸見え。それに、どうしても入って欲しいと言い出したんだ。ホモじゃないかと思ったけど、あんなよれよれの老人にたいしたことができるわけないから、入ったんだ。本を貰わないと来た意味がないからね。彼は早速台所に行って何かを淹れてきた――

コーヒーだったのか、紅茶だったのか……手を付けなかったから分からない。それから『良かったら、一緒に大人向けの映画を観ないか？　品の良いポルノをたくさん持ってる』と言うんだ。勿論、断った。その時に出身地を訊かれてね、スネジャナ姉ちゃんのことを思い出したらしい。あれは女じゃなくて針鼠だと言ってた。痛い目に遭ったみたいだね。何をしたの？」

「別に。何度か愚にも付かないことを言うから、私が突っ込んで、それから天敵にされちゃった。その代わりにシルヴァナは彼と……えぇと、何と言えばいいかな？　洗練された友好関係を……」

「ハハハ、洗練された友好関係！『スネジャナをご存じなら、シルヴァナのことも覚えていらっしゃるでしょう？』と言ったら、彼は嬉しそうに目を細め、いかにも好きそうに唇を舐めて言った『シルヴァナを知ってるかって？　俺はシルヴァナをファックしたんだよ』」

ほら、やっぱり……

わが老後のマリアンナ

マルコ

古びたガウンを着て頭にスカーフを巻き、ゴムの手袋にモップで武装をして——掃除婦に変身した妻はきのうから大掃除をやり始めた。年末でもなく、特に何か理由があるわけでもなく、気が向くとやり始める。年に一度はこんな状態になる。せがれと俺には、彼女の鬱の期間が一旦終わって、これからは取り憑かれたように掃除し、料理し、お客を招き、洋服を新調する時期が始まったということが分かる。その調子がしばらく続くと再び電池がきれたように何もしなくなり、家はまたもやひっそりとして、埃っぽくなり、蜘蛛が巣を張る。その中にひっそりと彼女の姿があるのだ。

一時的だと分かっていても、彼女が活発に動き出したことは喜ばしいことだ。影よりも人間が傍にいたほうがありがたい。しかもその大騒ぎの中では俺はまったく手を貸す必要がない。彼女は家の埃も、自分自身のほこりも掃い、生きている喜びを味わうことが出来、そのエネルギーは、山をも動かすほどだ。「自分でやる！　誰も私みたいに出来っこない！」とわくわくしながら、力仕事も一人でやっている。たまには俺に退くように命じたり、あるいは俺を、寛いでいるアーム・チェアーごと動かしたりする。子供のようにげらげら笑いながら……

こんなわけで妻は年に一、二回大掃除を手がける。その度に俺の《マリアンナ病》が悪化してくる。部屋の隅に置いてある、俺がスケッチした美しいマリアンナのポートレートと彼女からプレゼントされたマグカップを見て、妻が言うんだ。

「あのかわいい娘は今どこにいるのでしょうね」

その言葉で五年間も癒されることのない俺の古傷がまた、しくしく痛み始めるのだった。「I ♡ New York」のマグカップは五年前にマリアンナのアメリカ生活が一年過ぎて、里帰りをした時の土産である。それが俺たちの最後の出会いだった。

――他人《ひと》を痛めつけないで。自分のほうが痛い思いをするから――

ヴラダン

考えれば考えるほどそれが正解だと思う。ドブリラが毎朝来てくれるかわりにマンションの名義を彼女に変更してもかまわない。昨日また《例》の話が新聞に載っていた――独居男性の遺体発見、死後一週間か――。それがどんな状態だったか……。近いうち、いや早速、ドブリラと話そう。必要であれば、婚姻届を出してもいい。私にとってはどちらでもいいことだ。墓に住居を持って行くことはできないし、ドブリラがあの世へ追いかけてくることもないだろう。

そう、それが一番いい。しかも急いだほうが。七五年前に仕掛けられたぜんまいがどんどん張りを失って、私の、決して悪くはない人生の交響曲をアンダンテで終わらせようとしている。オーケストラも指揮者も疲れはて、観客もこころよく拍手をしてホールは空になった。終わりは怖くない。最近は無意識にモーツァルトの「レクイエム」を聴くようになった。今になって初めて本当にこの曲が心に響くような気がする。モーツァルトが最後まで書き終えられなかった「レクイエム」を、私もまた最後まで聴けずにこの世を去るのが見えるような気がする。そういえばモーツァルトは……彼のほうが悲劇だった――若かったうえに天才だった――まだまだすることはいっぱいあったのに。作曲家としては、これ以上創造できなかったとしても、普通の人として人生をもっと楽しむことは出来ただろうに。私の場合、やることはやった――学び、教えもし、いろんなことを聞いたり見たりした、愛したし、また愛された。大きな喜びも大きな悲しみも経験した。いくつかの希望はかなえたが、いくつかは直ぐに私の手におえないということが分かった。やるべきことはやったと思う。正直に言って、私はここ五年間、ただ単に《息をしている》だけだ。《生きた》と言えるのはマリアンナがアメリカへ行ったあの夏が最後だった。

マルコ

最初に電話がかかってきたあの日をはっきりと覚えている。六十歳の誕生日の数日後、自分の老いについて憂鬱になっている最中のことだった。まるで、何も悪いことはしていないのに責められて、訳が分からず、途方にくれている人のようだった。六十になったというのはよく分かっているのに、いつのまにそんな事になってしまったのかさっぱり分からない。冗談じゃない――六十はどう考えてもとしである。六十は人生の晩年だ。そう、ことわざでは「老いは苦」って言うじゃないか。五十九までは「まだまだ将来がある」と自分に言い聞かせていたが、「五」が悪魔の「六」に変わったとたんにもうやるべきことはやったんだという気になった。これからは回想録を書き、紙の上で失敗を直すこと、それしかできない。やり直しはもう不可能である。キャンバスの最後の一ミリまで絵を描いてから、さらに描きたくて、キャンバスの縁をも汚し始めているような気分だった。その《縁《ふち》》が首からぶら下がり、軛《くびき》となって苦しくて、息もできないような、そんな日に電話がかかってきた。

「こんにちは。わたくし、ペトロニエヴィッチ・マリアンナと申します。ポートレートを注文したいのですが……」

　俺は深く落ち込んでいたし、俺の絵はポートレートの注文なしでもよく売れていたので、そんな話には普通とりあわないのだけれど、そのときの彼女の声には簡単に断れない何かがあった。自信たっぷりの若い女性の声だった。何からくる自信だっただろう？　美貌？　賢さ？　才能？　全部あわせて？　でもそれと同時に妙な謙虚さもあった。押し付けがましさや偉ぶったところはまったくなかった。その声が落ち込んでいる俺をゆさぶった。会いたくなった。俺の第一印象が正しいどうか、確かめるために。

「どんな人でも描けるというわけではないから、今ＯＫとは言えないけれど、一応お目に掛かりましょう」

と言って、来て貰うことにした。

〈やるね、お前！　まだ捨てたもんじゃない〉と、彼女が入って来たとき、俺は心の中で自分を誉めた。電話スキャニングは正しかった――目がきらきらしていて、どう見ても自信満々の美しいブロンド。自分から手を差し伸べて固く俺の手を握った。俺は、男性的に握手する女性に弱い。

「どうぞ、好きなところに坐って」

　そう勧めると、彼女は迷うことなくアトリエのど真ん中の椅子に坐った。俺が選んだ人も、俺を選んだ人も、たくさんのモデルがこの大きな部屋に出入りしたが、ほとんどみんな壁際に坐った。マリアンナの場合、後方を防衛する必要は感じなかったようだ。

「先生は大変お忙しいと存じておりますので、手短かにお話しいたします。私、秋には結婚してアメリカへ渡ります。両親は、《私》を暖炉の上に吊るしたがっていますの。実は私の友人にも画家が居りまして、私は何日も彼女の前でポーズをとったのです。ただ、彼女のポートレートはとてもユニークなんです。素晴らしい絵が出来たのは嬉しいのですが、あの絵には私の顔との共通点はありません。描かれたのは私とはぜんぜん違うなにかだったのです。再挑戦する気はあまりなかったのですが、もし先生が引き受けてくださるようでしたら、両親のためにもう一度やろうと思ったのです。なにしろ、父と母は先生のファンですから」

笑うとマリアンナは一段と美しく、内面からくるその美しさは人をうっとりさせ、気持をやわらげるものだった。俺は彼女のイメージを紙の上に捉えられるかどうか、早速スケッチをし始めた。なんとかなりそうだったので、彼女と具体的な話に移った。そして、そのときにはほっとした。どうしてもまた彼女と会いたいと思ったんだ……

ヴラダン

マルコはマリアンナを《見せに》連れてきた。切手収集家が偶然見つけた貴重な切手を仲間に見せる感覚で。本当のことを言うと、彼女の方がマルコを連れてきた。自分の小さな赤いイタリア製の車で。（自動車のことはまったくわからないので車種については何とも言えない）。うちのアパートは、マリアンナにとっては全く知らない場所なのに、彼女は隅々まで知っているかのように迷いもなく自然に入ってきて、初めて会うにも拘《かかわ》らず、身近な人に会うように親しみをこめてにこっとしてくれた。私はすぐさまにマリアンナが本当にいい人だと分かった。なぜかというと、前歯が離れているから。私のセオリーからすると、前歯が離れている人は例外なくいい人である。彼らのそばではリラックスできる。彼らはいつも優しい。そのセオリーに何も科学的な根拠はないものの、私の経験では一度も外れたことはない。私は別に、歯がぎっしりつまっている人を悪い人と決め付けているわけではない。いい人もいればそうでもない人もいる。しかし、前歯の開いている人はみんないい人ばかりである。

「紹介しよう」

とマルコが保護者的な態度で言った。

「ヴラダン、これはファンジオ*のような運転をするマリアンナです。俺の三番目の妻もスピードを出すのが得意だったのを覚えている？　唯一俺を捨てた女性……ちなみにマリアンナも数ヶ月たったら俺を捨てるよ。若いやつと結婚して、違う大陸へ行ってしまう。マリアンナ、これはヴラダン、元音楽大学のピアノ教授で俺の長年の友達。今は年金生活をしている。マリアンナが行ってしまったら俺と一緒に悲しんでくれる人」

マルコがマリアンナと知り合って三日しか経っていないのに、とても親しいという雰囲気があった。詩人と、彼が何年も人知れず心の中で愛しているミューズのように、また救助者と命を助けてもらった人のように、二人のあいだには強い絆ができていて、その感動的な絆のなかに私も入ったのだった。彼女の小さくて冷たい、つめを短く切った何の飾りけもない手に誘われて……

＊　ファン・マヌエル・ファンジオ（一九一一～九五）は、アルゼンチンのレーシング・ドライバー

マリアンナは……《晴れた日》、《かなった願い》、《いいお知らせ》、《ぴったり合う音符》……思いつくだけのいいことはすべて彼女に当てはまる。彼女は、まだ私がお願いもしていないのに、神様が下さったご褒美のようだった。私はそのころ特に調子が悪かった。ある日、発作を起こして、薬を飲んでも効かず救急車を呼んだ。息を吹き返したとき、「死ぬのは恐い」と思わず口を滑らせてしまった。そのとき、若い女医の眼は〈哀れな人！　七十にもなってまだ必死に命にしがみつくなんて！〉と語っていた。

マリアンナだったら決してそういう風には見ないだろう。誰が何と思おうと、彼女のその日の訪問は偶然ではないと私は信じている。彼女はクラシック音楽の愛好者で、私が死の恐

怖に戦《おのの》いていたまさにそのとき、紹介してほしい、とマルコに頼んだそうである。彼女の話が私を英雄にした——音楽教育を受けていない素人の音楽愛好家の彼女からすると、どの楽器であろうと、何かを弾ける人はみんな超人のようだ——ギターで一番簡単なコードが引ける人は、羨ましい！　ピアニストなんて、普通の人間の手の届かないオリンポスにいる神々のような存在だとか。「いや、そんな、誰だってできること……」と一応言ってはみたものの、強くは否定しなかった。生きることにしがみつくことを恥辱のように思わされた人間にとって、それは、大いなる救いだった。何しろ、もう少しでハロン*につれられてあの世へ行くところだったんだから。

＊　ハロンはギリシャ神話で死者をあの世へ船でアヘロン川越えして連れて行く老人

私達は音楽について話した。素人にしては知識も豊富だったし、音痴だと言ったけれど、音楽的感覚もとてもよかった。祖父と父、二代続く弁護士で、絶望的な音痴だそうである。彼女は職業と一緒に「どうにもならない耳」まで継ぐことになったとかで、みんなで歌う学校のコーラスでも歌わせてもらえなかったそうである。音楽の先生をせめないで、笑いながらそう話していた。

音楽もそうだけれども、絵となると「悲劇」だそうである。彼女が描く犬と猫はどちらかというと豚とサイに似ているから具象画はどうしようもないと分かった。抽象画は、とも思ったが、しかしマレーヴィチはとっくの昔に「黒い四角」を描いていたし――もういいや、芸術はやぁめたっ！　とあきらめて、私とマルコみたいな才能ある幸運児を、ロシア人が言うような「白い羨ましさ*」で羨むしかないと言っていた。

＊「白い羨ましさ」はロシア語でいい意味で羨ましく思うこと

なんという光景！　若い美人が我々の持っている能力を羨ましがっているところで、私とマルコは、思春期の少年よろしく、彼女の足元に跪《ひざまず》き、その若さ、美貌、そして、なんというか――私達に与えられた才能の代わりに彼女が神様からもらった年不相応な達観した人生の知恵というようなものに――うっとりとしているのだった。

もちろん、その訪問も隣のドブリラの《査察》なしではありえなかった。彼女は偶然その時私にパンケーキを作って、あげたくなったそうで――「きょうは特にできが良くて」――「あら、ヴラダンさん、お客さんがいらしているんですか。ちょっとお邪魔しますね！　これだけ、あのぉ……。お小皿はどこでしたっけ？　パンケーキはいかがですか？　坐って下さい、私がやりますよ！　どうぞ、暖かいうちに召し上がってください。コーヒーでもお淹れしましょうか。はい？　あ、そうですか。もうお飲みになりましたか。分かりました……。それでは、私はそろそろ……」と言って、私が「帰るなんてとんでもない。よかったらコーヒーでも」と言うのを期待しながらゆっくりと帰り支度をした。

私が寝込んでいたとき何回かはドブリラが食事を作ってくれたから、感謝は尽きないけれど、彼女はこの集まりには合わない。「悪いな」とは思ったけれど「一緒にどうぞ」とは言えなかった。賭けてもいい、もし彼女を招待したら、マリアンナにバナナケーキの作り方を教え始めて、「プリンも簡単だから」、「カステラも」、「ショートケーキも意外と」、そして「シフォン・ケーキもまた」、等々と砂糖と小麦粉がたっぷり入ったモノローグは延々と続いたことだろう。

スイーツとお葬式は私の隣人の最も好きな話題である。ケーキを作った時は、必ず持ってくる。そして、材料だの、焼く温度だの、生地が膨らんだか膨らまなかったかを細かく話してから、だれだかが亡くなったという話になる。亡くなった人が苦しんだか、あまり苦しまずに他界したか、遺族が長く悲しんだか、そうでもなかったか。また他のだれだれがもうすぐあの世に召されるんだ。本人は《知っている》のか、ただの胃潰瘍だと騙されているのか。彼の顔は土気色だけれど、不治の病とは思えない、というようなことを話して、自分の気が済むと帰る。彼女の話を聞いた私は、葬儀屋へ電話をして予約したくなるほど気が重くなる。

それで最近決意をした――毎朝、私が《ひょっとして……》いないかを見に来てもらう代わりに、ガレージとかじめじめした小さな暗い部屋に住んでいるらしいドブリラの息子さん家族にマンションの名義を変更しようと。

「まぁ、ヴラダンさん、崇拝者がいらしたのね！」

とマリアンナはドブリラの短い訪れをコメントした。

「ドブリラはヴラダンのことも好きかもしれないけど、この住居の方がもっと好きだよ」

と、マルコが自分なりに説明した。

彼には珍しく、その日は私のお人好しの隣人をからかわなかった。ドブリラの方も、蛾がランプにまつわるように自虐的要求にかられて、マルコが来るとすぐさま現れる。そして毎回マルコに反撃できなくて、恥をかかされ顔が真っ赤になって、腹を立てながら帰って行く。彼はまた、目つきや一言で自分の気に入らない人を打ちのめす達人である。その一言の内容はたわいなくとも、言い方が人を傷つけるのだ。マルコの中には私に対してさえ、時々歯をむき出す鬼がいる。でも私は彼との付き合いが長くて彼をよく知っているから、腹を立てたことはない。彼の流儀だから。

ドブリラにはマルコの気に障るところがあるらしく、彼女に対しては容赦がなかった。マリアンナのことは、気に入っていた。単に気に入っ、、、、ていただけではなく、恋心を抱いていたのだと私は思う。どうやら、その気持ちは彼にとって重い罪に感じられたようで、彼はその罪の思いに潰されそうだった。

マルコ

ある人は音楽の才能に恵まれている、またある人は数学が得意である。マリアンナは生まれながらの《征服者》だった。一度彼女に出会った人は、再び会えるように必死に努力する。男も女も、年寄りも若者も、マリアンナと接している人はみんな同じくにこにこしていた。彼女は相手の目をまっすぐ見て、相手の言っていることを心にしっかり留める。話した本人は忘れても、彼女はちゃんと覚えていた。何かのついでに何気なく誕生日に触れたら、彼女はその日に不意に現れて、(好きな色まで覚えていた!)好きな花を渡して帰って行った。

息子がウディ・アレンのファンだということを、いつ話したのかも覚えていないのに、マリアンナはモデルとなるために来たある日、ウディ・アレンのインタビューと彼が監督をした映画に関する話がたっぷり載っている本をくれた。小さくなった靴を気軽に手放すような感覚で、アメリカ旅行の時に買って、もう読んだからと、息子にとって宝物となるその本をくれた。妻は鬱《うつ》でないかぎり、鉢植えを育てるのが趣味なんだが、「あの可愛い私達のお友達」(妻はマリアンナをそう呼んだ)のおかげでコレクションがかなり増えた。俺は果物とワインで甘やかされた。マリアンナは他人《ひと》に贈り物をするのが大好きで、それがぴったりのものだったと分かると子供のように喜んだ。そして、お返しは期待しなかった。これまで、そんな風に接してくれたのは、母だけだった。四人の妻と十数人の恋人、彼女たちは俺に愛することを許可しただけだった。無償の心配りなど、亡くなった母以来のことだ。

残念ながら俺自身には、そんな美徳はない。けれど直ぐ、その理由は説明できる。俺は、いつも何かが不足している貧しさの中で育った。夫に戦死され、女手ひとつで俺を育ててくれた母はほとんど読み書きができない農婦だった。俺の流行遅れの靴と田舎訛《なま》りは、この横柄な町では長いあいだ嘲笑の的だった。しかしその時代はもうとっくに終わった。画家として認められ、あらゆる意味でイライザ・ドゥリトルからヒギンス教授に変わったにも拘《かかわ》らず、心の中の劣等感から完全に解放されることはない。その内なるガードマンは、ライフルを片手に常に見張りに立っていて、俺を卑下する可能性のある人間を見つけると、容赦なく撃つ。善意で近づいてくる人を撃ってしまうこともよくあるんだ。どれだけ大勢の人が俺と絶縁したことか……何度ヴラダンの貴族的な性格をからかい、臍をかんだことか！ 幸い彼はとても聡明で、俺の短所を気に掛けないで、長年変わらぬ友人でいてくれる。

マリアンナは裕福な両親の一人っ子で、優れた二つの家系の一粒種だった。りっぱな家系と神様の恵みによって、すてきな容姿と思慮深い魂ができたんだ。美しくないところ、不恰好なところ、洗練されていないところは先祖が代わりに使い切った。マリアンナは天賦のものとして、上品さと血統のよさを受け取った。しかし、なんと言っても一番大きな恵みは、彼女の自覚だったろう。自分が優れているということについての、気品と威厳のある意識、その恵みについての自覚と、決していきすぎない謙虚な態度。褒めてもらうとマリアンナは否定しない。単に「有難うございます」と答える。褒めるに値すると知っているから。

プリマ・バレリーナのようなもの腰や、話し相手への柔らかい眼差しは、マリアンナが疑いや恐れなどいっさい知らないということを物語っていた。俺はそういうところが羨ましかった。その羨ましさは、彼女の好きなロシア語の表現を借りて言うと、あまり《白くなかった》。六十歳になる人生経験も豊富な男が、つい昨日生まれたような女の子が羨ましいってどういうことだろう?!　いや、まったく、ナンセンスじゃないか！　人は普通ある程度自分と共通点のある人間と比較するもんだ。誰かが羨ましいと思ったとしても、それは俺よりいい靴を履いた男、俺より少しばかり女の子に人気があった男とか、俺より絵がうまくて、しかも作品が売れている画家ぐらいだった。「一番好きな学校の先生」の投票で優勝した人に劣等感を覚えたことなどない。アームストロングが月に足を下ろしたときにも、羨ましくはなかった。教育学も宇宙研究も俺には関係ない！

それなのに、突然ある少女が羨ましくなるなんて！　ハアァ……。どうしたらマリアンナを羨ましがらないで済むだろう？　彼女にはすべてがある。俺は何を手に入れるにも一所懸命戦う必要があった。時には対価が高すぎて、手に入れても喜ぶ余力がなかった。マリアンナはすべて生れ付き持っていて、彼女はそこから自分の人生を作ればいい。そこが決定的な違い。その点こそ、俺が羨ましいところなんだ。しかも彼女は、自分が恵まれていることと、その才能をどうやって《ものにする》のかを知っている。俺は常に何かを待っていて、その何かがこないと腹を立ててみたり、望みを「次のチャンス」に移したり、「まだまだできる」と自分を慰めたりしていた。俺のときがくる、他の誰のでもなく、俺のラッパの音で旧約でいうイエリホン市の城壁が崩れると固く信じていた。でも、世の中の時計という時計はみんな、誰がどう自分の時間を使っているかには無関心で、規則正しくチクタク時を刻んでいた。仕方がない。俺は六十になって、もう自分を欺くのをやめたんだ。

しかし、一番の恐るべきことはそれではなかった。最も俺を不安にさせたのは、マリアンナを単にモデル、お客、あるいは単なる女の子と見ることができなかったことだ。彼女は確かにとても美しかったし、俺が今まで愛した女性にはなかった何かを持っていた。けれど、あれほど若い身体《からだ》を欲しがるなんて、正気ではなかった。まったく……。正気でない上に、道徳的でもない。いったい、いつになったら俺の中の《野獣》が静まるのだろうか？　もしかして、俺はまだ十分老いてない？　いや、それはないだろう。ただ単にそういうたちなんだろう。ヴラダンは奥さんを亡くして二四年にもなるのに、一度たりともそんな望みすら感じさせなかった。俺は、そんな欲求で一杯なんだ。

マリアンナがアトリエに入るとき、彼女の肩にさりげなく手を置いたり、キャンバスの前で彼女の手を取って位置を探したり、頭の角度を決めるためであるかのように一方の手で彼女の首筋を持ち、もう一方の手で彼女のあごを必要以上に長く触ったりした。そういう欲求を抑えることが出来なかったんだ。

彼女は触れたくなるほど柔らかいシルクでできているようだった。そしてほのかにバニラの香りがした。ある日俺は我慢できなくて、言った。

「お嬢さん、あなたは目、耳、鼻――つまり全ての感覚を喜ばせてくれるね。あなたのような女性のために男はコリーダで牛と戦っているんだよ」

その可愛らしい魔女はかすかに唇の端を上げて、鼻に皺を寄せて、何も言わずにうなずいた。目にはあきらかに「知ってるわよ」と書いてあった。あーあ、自信たっぷりの若さ！あーあ、マルコくん、お前の時代は終わったなぁ！ 昔なら、お前が褒めると女性は頬を赤く染めて眼を伏せたものなのに……

そこで話題を変えて、天気についてでも話せばよかったのに、悪魔が言わせた。

「そう言えば、『愛のコリーダ』は見たかな？」

「その映画とはどうも縁がないようです。テレビでの放映は、深夜で二回とも始まる前に寝ないように濃いコーヒーを何杯も飲んで必死に頑張ったのに駄目でした。なぜ？ 先生のお勧めですか？」

そこで、俺の年齢にふさわしい天気云々に話を変えて——実際その夏はとても暑く、いくらでも暑さについての不満が話題にできたのに——バカな俺は彼女に日本のセックス指南役の理想の考え方を紹介した。若い女の子が年配の男に大人の世界に導いてもらうという考え方を！

マリアンナは満面に笑みを浮かべ、俺自身の愚かさが作ってしまった罪深い思い上がりの十字架に、輝く目付きで俺をはりつけにした。

「もし、先生が指南役に立候補されようとしているなら『指南役募集は締め切ってしまいました』と言わなければなりませんわ」

俺はすっかり取り乱してどうすれば良いか分からなくなった。

「と、とんでもない！　私がそんな！　単に、あれですよ……日本の理想を話しただけ……。もしお気に障ったらごめんなさい！　私は全然……」

マリアンナは微笑み続けて、俺の混乱を止めた。

「冗談ですわ。私の方が失礼なことを申しました。夕食にお誘いしたら許して戴けますか？　自宅の近くに評判の良い魚料理のお店があるのですが……お魚はお嫌いですか？」

俺はその助け舟にのって、後は話し上手なマリアンナに話題選びを任せた。

ヴラダン

マリアンナが行ってから五年も経っているのに、あれ以来、一度たりとも他人《ひと》様の優しさに満たされたことがない。

彼女はある日三つ（三つですよ！）の花瓶を持ってきて、こう言った。

「覚えてらっしゃいますか？　この前はお花をコップに分けて入れましたよね。ちゃんとした花瓶が必要です！　三つは多いかもしれないけど、邪魔だったら誰かにあげてください」

もちろん、誰にもあげていない。彼女以外の誰も花なんかくれないので、五年も使われていないその三つの花瓶はずーっと空っぽだ。

一つは背が高くて首が細くなっており、もう一つは小さくて丸い形で、三つ目は一輪挿しである。私はそれを見るだけで心が優しさで満たされる。

こういうこともあった。私がシャツにアイロンをかけているとき、マリアンナが訪れた。アイロンをかけ終えてないシャツを畳んでアイロン台を隅っこに寄せてから、私は台所にコーヒーを淹れに行った。戻ってくると何ということだろう！　マリアンナが私のシャツにアイロンをかけている！　驚いた私に彼女は普通に言った。

「すぐ終わりますよ！」

私の息子は年に一、二回家族と共に私のところにやってくる。嫁はソファのはしに腰をかけて、腕をまっすぐ伸ばして膝に乗せる。たまにしかしゃべらない（はい、ありがとう。いいえ、ありがとう）、どう見ても旦那が「そろそろ帰ろうか」と言うのを待ちきれないようだ。彼女は私のところに来ると、日本人が言う「借りてきた猫」のようだ。私は嫁に洗濯とかアイロン掛けなどを期待はしていない。幼いころ、母に自分のことは自分でするように習慣付けられた。言いたいのは〈比較せずにはいられない〉ということ。嫁が借りてきた猫だったら、マリアンナには他の《猫的》な特徴があった――どう投げられても四つの足で着陸する。（その上にごろごろも言う！）

あの夏はマリアンナのことだけではなく、猛暑だったということもよく覚えている。私の誕生日は空気が特に重くて、空模様もいやな予感をさせていた。マルコはその日とりたてて調子が良くなかったそうで、電話で「おめでとう」と言って、来られない旨を告げてきた。他の何人かからも電話があって（普段は避けられないドブリラは田舎に帰っていたが）、私は一人で七十歳を祝うことになった。あるロシアのコメディアンは自分の六十歳の誕生日にあたってこう言った「これは私の六〇ではなく、六対〇、私の勝ちだ！」。つまり、七対〇の私の勝ちを一人で祝ったわけである。しかし私の天使は、その日が気持ちの良い一日になるように気遣ってくれた。多分前に、私自身が口を滑らせたのだろう。彼女は誕生日を覚えていた。そしてちゃんと来てくれただけではなく、ちょっとしたお芝居をしてくれた。ドアベルが鳴ったとき、誰だろうと戸惑いながら開けたら、そこには籠を手に持って、赤いスカーフを頭にかぶったマリアンナが立っていた。

「おじいちゃん、こんにちは！　お母さんに、おじいちゃんの誕生日だから、ケーキとワインを持って行くように言われたんだけど」

「やあ、赤頭巾ちゃん！　来るとき怖い狼に会わなかったかい？」

マリアンナは笑った。

「信じられないかもしれませんが、怖い狼はお巡りさんに変装して、私の運転免許書を要求して、左の《方向指示器》が壊れていると言って食べられそうになったのよ！　なぜ警官は『ウインカー』と言わないのかしら？　《警察用語》なんか、わけ分からない！」

そして籠からチーズパイ、りんごパイ（自分で作った）、ワインと小さくて丸い花瓶用にと野花を出した。彼女がてきぱきとテーブルの用意をしているのを見て、私は思った〈なぜ私なんかにこんな素晴らしい贈り物を？〉

マリアンナのことは神様からの贈り物と思えた。知り合ってからそんなに時間も経っていないし、彼女はもうすぐ遠くへ行ってしまう、その上、彼女が私から得ることは何もない。マリアンナがしたことはすべて、ただ単に寂しい老人を喜ばすためだけだった。そして寂しい老人は喜びのあまり涙が出るほどだった。

マルコ

《ほら、やっぱり！》

マリアンナのポートレートが完成に近づいたとき、俺はほくそえんで、心の中で叫んだ。

《完璧ちゃんは情熱を経験していない！　何とかしなくちゃ》

マリアンナの結婚式が間近になって、彼女の夫になる人について話させた。

パーシュカとは、二〇年前に知り合ったそうである。彼らの家族は最初から二人は将来結婚すると思っていた。四歳の時にパーヴレは家族と一緒にマリアンナが住んでいたマンションに引っ越してきて、子供たちはすぐに仲よくなった。二人はジナイーダ・ペトローヴナというロシア出身のベビーシッターに面倒をみてもらって、ロシア語も達者になり、ロシア風の愛称でよばれた――マーシャ（マーシュカ）とパーシャ（パーシュカ）。そして同じ学校に行って、大学にも一緒に通っていた（違う学部だったので授業の間は離れていた）。自由な時間はいつも一緒に過ごしていたそうである。卒業後パーシャはあるアメリカの大学院に進学し、アメリカにも、もちろんのこと、一緒に行くので、出発前に籍を入れる決意をしたそうである。

「こう言っちゃなんだけど……」俺は話の腰を折った「その心温まる、ロマンチックな恋愛物語には何かが足りない。ええぇ、なんと言えばいいのかな……。情熱の炎かな。君は本当に親友と結婚しようと思うの？　本当に？」

「二人が結婚するのにどのような情熱が必要か、正直に言ってよく分かりません。私が一番いい友達に対して抱いている感情は情熱的な愛か、それとも何か違う種類の愛かは分からないけど、小さなころから好きで、情緒不安定な思春期にもその気持ちは安定していて、そして今も、二十四歳になりますからもう大人だと思いますが、変わりなく常に彼と一緒にいたい。これで私たちの愛情は十分だと思います。一つだけ、あるエピソードを話しましょう。あなた方男性はそれに気づかないか、笑い話として受け止めるに違いないですが、私にとっては、パーシャが《本当の、唯一適した》相手だという決定的な証拠でした。ある日彼と、二歳の女の子がいる友人の家に行ったんです。ちびちゃんは照れていたので放って置きました。来たければ自分で来るでしょうから。しばらくしたら子供はパーシャのところに行って、自分で彼の膝の上にのりました！　ママでもパパでも私でもなく、パーシャのところへね！　そしてパーシャに食べさせてもらいたがったんです。もう一つ、床に落ちたちびちゃんのテディーベアを拾おうとテーブルの下にしゃがんだら、パーシャこそが《選ばれた人》の証拠を見つけました。その家の犬が、パーシャの足に頭を置いて寝ていたんです。そのとき私は思いました〈私はこの人と子供が育てたいんだ!〉」

マリアンナは、優しく、けれど迷うことなく《パーシャへの賛美歌》を終わらせた。

「犬もね!」と、俺は少しあざけるように言った。そう、俺は嫉妬していたんだ。

「犬もですよ!」と、彼女は笑い出した。

ウツクシイ。ロマンチック。だけど情熱がない。眠れない夜も食欲の喪失もなければ、胸の高鳴りもない。それがなくて「愛」と言える? 俺は、恋に落ちる度にさんざん苦しんだ。考えてみると、思春期以来愛の情熱に捉われた! 確かに健康にはよくない。だが俺はかまわない。再び生まれたら、また同じ情熱、同じ熱い血が欲しいと思う。これを経験しない人間は大きく損をしていることに気がつかないでいる。マリアンナも、もしかすると、そのまま、彼女に合った幸せのまま放って置くべきだったかもしれないが、俺はもう悪魔に取り付かれていた——俺が生涯悩んでいる炎で彼女も指先ぐらい火傷《やけど》すればいいじゃないか。「やれよ、やれよ!」と俺のなかの《角のある同士》がぶーぶー鳴いたり、舌の先を震わせたりした。「彼女にはいい勉強になる! 感謝されるよ! 火遊びしようぜ!」と言いながら同士はとんぼを切ったり、ひづめを打ち鳴らしたりした。

老いた俺には、もはやマリアンナの頬を赤く染めることはできない。でも、可能性のある人間に心当たりがあった。

ヴラダン

　夏ももう終わろうという頃なのに、蒸し暑さはいっこうに変わらなかった。シャワーを浴びても、好きな音楽を聴いても、いい本を読んでも不快感は去らなかった。散歩で憂さ晴らしなど思いも寄らないことだった。戸外では汗にまみれてしまうだろう。ただ、マリアンナの訪問が実現したら、私は元気になるだろう。

　そんなある日、それはマルコが罠をかけた日（私は後にそれを知った）だが、彼女は柔らかいパンプスを履いて、青いシルクのワンピースを着て来た。いつものように陽気で、可愛かった。マリアンナが入ってから空気はもう重い鉛のようではなくなって、ただの軽い気持ちのいい山の空気になった。マリアンナは花を花瓶に分けたり、お風呂場から何かを叫んだり、私がコーヒーを淹れていた台所に出たり入ったりした。アルコールを入れると花の寿命が長くなると、どこかで教えられたらしく、何か安い酒がないかとあちらこちらのたんすを開けて、鼻に皺を寄せながら匂いをかいだり、自分のやっていることに夢中で何も言わずに、邪魔になった私を右に左に動かしたりした。その私たちの台所のパ・ドゥ・ドゥ*は一瞬本当の生活みたいな感覚、まるでマリアンナが私の血のつながった娘みたいな錯覚をもたらした。そのひと時だけでも、私は家族と過ごしたような感じだった。

＊ パ・ドゥ・ドゥはバレエ用語では「二人での踊り」という意味

そのあいだにマルコも来た。けれど、一人ではなかった。マルコと同じマンションに住んで、元の私の学部で助教授として勤めていたマリアンという青年が一緒だった。彼らは偶然マンションの玄関先で会って、ちょっとした世間話の後、マルコが彼（マリアン）の尊敬しているヴラダンのところに行くところだと言ったので、マリアンが「じゃ、送りましょう」と親切に申し出て、ここまで来たらせっかくですから、ヴラダン先生にも挨拶をしたいとかで来たそうだ。

「いや、すみません！　申し訳ありません。お招きもなくいきなりお訪ねしてしまって。すぐお暇《いとま》しますが……。ええっと……」

と、私に言いながら、無理もない、マリアンはマリアンナから目を離さなかった。その自信満々の美男より三人のドブリラの方がましなのに、礼儀として二人を紹介しないわけにはいかなかった。

「はじめまして。マリアンナです」

と、《私》の女の子が緊張した笑顔で言った。

「あなたは初めてのマリアンナです」と、彼はゆっくりと魅了するようにじっと彼女の目を見て、必要以上にマリアンナの手を離さなかった。そして彼は付け加えた「どうですか？

私もあなたにとってきっと初めてでしょう？」

「初めてのぉ……《誰》《何》どういう意味ですか？」

マリアンナは当惑して手を引っ込めた。

「ア、ハ、ハ！」彼の笑い声は普段より低かった「私は自己紹介をするのを忘れてしまいました！　マリアンと申します」

「うれしゅうございます、マリアン一世さま！」

「マリアン一世とマリアンナ女帝の出会いにあたって祝杯を挙げねばならん！　ヴラダン、酒だ、酒！」

と、元気よく、まるで田舎の結婚式の仲人だ。私の友人、永遠の田舎の坊やが、集まりの指揮をとった。マルコは田舎出ということにコンプレックスを抱いていて、普段はあらゆる方法で隠そうとするのに、今はめざわりなほど強調している。怪しい。私たちの注意をそらそうとしたに違いない。私はマルコをとてもよく知っていた。

彼ら三人をバルコニーに案内して、私はコーヒーと酒の用意をしに台所に行った。お湯は、いまいましいほど沸かなくて、私は許せないほど長くマリアンナをあの二人の放蕩者と一緒に放っておく羽目になった。彼らが何の話をしているかは分からなかったが、流れていたコンサートのピアニッシモの間に聞こえた声からおおよその雰囲気は把握できた。不思議なことに、その日、どのレコードにしたかは覚えていない。私の思い出は普通音楽から成り立っている。まずは作品と演奏者が思い出され、その後その音楽が背景となった人間と出来事が思い起こされる。その日の演奏者が誰だったか、何を演奏したのか、どうしても思い出せない。マルコはいつになく興奮して声が高く、キーキーしていた。マリアンのバリトンは男性ホルモンがたっぷり入って重々しかった。マリアンナの声は聞こえなかった。

私が台所からバルコニーに視線を送ると、二人の若者は手摺りに肘をついて立っていた。マリアンは大きい身振りで、通りにある何かを見せていた。一方、マリアンナは最初その何かを見て、それから視線を彼の方へ移し、何かを言った。微笑んでいる唇は緊張でわずかに震えていた。頬には紅が差しているようだが、暑さのせいではないような気がした。彼らは近くに立っていた。思うに、近くに寄り過ぎていた！　われわれの時代には、若者は否応無く一定の間隔を保っていた。でも今の世代は違う。それに、二人の若者はどう見ても惹かれ合っている。私のバルコニーで進行していることは気に入らないし、マルコとマリアンが玄関で「偶然」会ったというのも信じられなかった。私の可愛い赤頭巾ちゃんは美男子に変装した狼に食べられそうだ。それにも拘らず、バルコニーへのドアを額縁とする絵画としては、とても美しいという事実は否定できなかった。なんと言っても、マリアンとマリアンナは非常に似合っていた。お気に入りの音楽は同じだそうで――ベートーヴェンのピアノコンチェルト五番の最初の数分は二人とも鳥肌が立つとのことだった。しかし同じ名の二人の出会いは、運命的でもなんでもなく、意地悪い魔法使いマルコのでっち上げに過ぎなかった。
空がいきなり暗くなって、雷の音も聞こえてきたとき、私はほっとした。雨が降れば、少しは過ごしやすくなるだろう。マリアンは、家中の窓が開いていて、風にあおられて窓ガラスが割れるかもしれないとか言って慌てて別れを告げた。マリアンナはしばらく生気のない様子で坐っていたが、深いため息を付いてから、マルコを送らなくてもいいかどうかも訊かないで帰って行った。

マルコ
《おや、寝不足のようだね！》
マリアンと逢わせた翌日の挨拶だ。実際、ポートレートのモデルにアトリエを訪れたマリアンナは疲れた様子で、目が熱病的に輝いていた。そう、そう、金の塊が金細工師に出逢うとこうなるんだ！
俺とマリアンがヴラダンの家に着いたときにはマリアンナはもう来ていて、彼女自身がドアを開けてくれた。
「遅いじゃないですか……」

と、彼女は冗談交じりに俺を叱るかのように言い始めたが、俺の肩越しに背の高いマリアンを見て、うろたえて目をそらした。勝利の瞬間！　より正確に言うと――勝利の最初の瞬間だった。このあとの三時間は勝利を満喫した。もちろん、なんと言っても、仲間はずれにされているという気持ちは決して嬉しくないが……。その官能的なゲームには、俺の入り込む余地はなかった。

そう、俺は六十歳。俺の身体にはもう張りがない、俺の目には霞がかかっている。しかし、その張りのない身体と霞んだ目の奥には、永遠に若い、熱い血潮が巡っているんだ。残念ながらマリアンナにはそれが見えない。そのマリアンナに反省を促す目的で連れてきたこの若くてかっこいいオトコは、雄としての《熟れ時》だった。俺は演出家としての自分に、心の中で「ブラボー！」と祝杯をあげた――役者たちはちょうど俺の望む通りに動いていた。

役者と観客のあいだに境がない現代劇のように、我々四人はヴラダンのバルコニーに坐っていた。一人目の観客ヴラダンはなんとか不満を抑えながら芝居を観ていた。二人目は俺、満足していた。

マリアンは目をそらさずにヴラダンの赤頭巾ちゃんを見つめていた。マリアンナを虜にしながら、自分も虜にされていた。風が、彼女の青いシルクのワンピースの軽いひだ飾りを持ち上げ、彼の視線は動いたひだ飾りの下をさまよい、その瞬間はっきりと見えてきた彼女の体の線にそってすべるように動いていった。マリアンの視線に気が付いたマリアンナは、落ち着きなく下唇を噛んだり、さりげなくひだ飾りを抑えたりした。目の位置で二人の間に一旦乱された磁界が回復し、彼の隠しきれない、そして彼女の慎ましやかな二つの情熱が再び火花を放って交差した。

マリアンとマリアンナはすぐに親しげに話すようになった。俺とヴラダンに対しては、そんなお誘いはない。《彼ら》と《俺ら》のあいだの距離はいっそう遠くなった。二人はさまざまな興味を共有していた——旅行、自動車、医学、歴史、言語、音楽（だけど音楽家である《一人目の観客》を話しに誘うことはなかった）、芸術（画家である《二人目の観客》も一切意識しなかった）……

「技術的にはドイツ車が一番優れているとは認めるけど、私は個人的にイタリア車の方が好きよ。ボディーを観て！　あのライン、あの芸術性はイタリア人にしかできないじゃない。ご存知の通り、私たち女性はスタイルと色を第一に見るのよ」

観客のみなさまがまだお分かりいただけていないようでしたら、彼女はじょ、せい、いでございます。それを強調しないと多くの方々が、もしかしたら主役の彼までが彼女がいったいどちらの性に属しているのか不審に思ってしまうかもしれません！　でも彼女がこれで科《しな》を作っているとお思いになっていらっしゃる方がございましたら、それは大変間違っています。とんでもないことでございます！　彼女はただ単に「じょせい」でいて、ただ単に「じょせい語」で話しているとのことです。それだけです。あなたが何か違うことを考えたとしたら、それはあなたの問題です！　ハァァ——女は怖いよ！

　正しく射った矢は標的の真中に当たって、若い男はすかさず反応した——彼の視線は電光石火の如くマリアンナのワンピースの中身をチェックし、再び彼女の目に釘付けになった。

　その細かい彼の動きを彼女はちゃんと捉えていた。より快適に椅子に坐りなおし、優雅に足を組み、頭を——いや、反り返るとは言えない——それは微妙な後ろへの動きだけれど、そのちょっと持ち上げることによって今度は彼女の方が彼を上から眺めている。最初は明らかに彼が選ぶ方だったが、今度は、彼が選ぶ方であり続けても、彼女がそれを許して《やる》方に変わった。

「そう言えば、バルコニーの下で止まっている小さくて赤い車は君のかな？　そうでしょう？　ここに着いたとき見て思ったんだけど、擦られる恐れがあるよ」

「ありえない！　完璧に停めてあるわ！」

「おいで！」

と、彼は言って、彼女が立ち上がるのを手伝った。二人で手摺りに寄りかかって、彼（男、すなわち生まれつきの運転手）、が彼女（女、すなわち運転なんかできっこない者）にどうやって正しく車を停めれば良いかを教えた。

「前の車にもう少し接近すれば、えぇぇ……こんないい方はなんだけど、おしりが突き出ることがなかったんだよ」

と、彼はいたずらっぽく言った。

彼女は当意即妙に答えた。

「ちょっとぉ！　私のおしり……いえ！　私のクルマのおしりのことには触れないで！」

マリアンナは申し分なく車を止めていたが、マリアンには彼女をバルコニーの隅に追い詰める理由が必要だったんだ。彼女を隅に押し込んで、撤退ができないように彼もその狭い所で寄りかかる。（ハ、ハ！「撤退」だって！　両親が第二次世界大戦で戦って、俺が戦後育ちだということがばれてしまう！）もちろん、彼女は彼に退いてもらうよう主張すれば椅子に戻れたけれど、彼に押さえつけられるのはまんざらでもないようだ。

ヴラダンがお代わりのコーヒーを淹れに行くと、二人は完全に俺に注意を払わなくなった。

「時々バニラのいい香りがしているんだけど。君の香水？」

「ええ」

モナ・リザの微笑を顔に浮かべてマリアンナは言った。

「ちょっといい？」

と、マリアンは訊いたが、返事を待たないで頭を下げ始め、彼女の首から数センチで止まった。五～六秒は動かずにいた。彼女は立ちすくんだ。ワンピースがマリアンナの背中でさかんにぴんと張ったりゆるくなったりしている。彼女の息使いが荒くなっているようだ。俺はこれまで観たどの映画でも、それより美しい官能的なシーンを見たことがない！

「素晴らしい……」

と、離れながらマリアンは低い声で呟いた。

頬を赤く染めたマリアンナは唇を噛み、視線を上げないで、震える笑顔をみせた。そのときヴラダンがコーヒーを持って現われ、みんなで再び腰を下ろした。しばらくすると強風が吹き出して稲光と雷鳴が轟き始めた。マリアンは窓を閉め忘れたと言って、慌てて帰って行った。マリアンナはしばらく自分の中の嵐に翻弄されているようだったが、やがて静かに帰って行った。

ヴラダン

その嵐のような出会いのあと何があったかはあまり思い出したくない。私がマルコの陰険な手口に間接的といえども関係があったことを後悔している。

美しきブロンド男は、安定していた私の女の子のバランスを明らかに崩した。彼が帰ってからマリアンナは珍しく口数が少なく、落ち着きなく指で眉毛を引っ張ったり、唇を噛んだりしていた。その数日後、マルコの提案でまた四人で集まるはずだった。マリアンナはおめかしして、濃い目のお化粧までして来た。どうみてもマルコや私のためではなかった。彼女が一番に着いて、車の音がする度に落ち着きなく振り向いていた。それからマルコが一人で来て、マリアンは来られないと言ったときに、彼女は何も言わなかったが、明らかに落胆した様子だった。その日マリアンナは最後まで無口で、明かりの消えた高級なランプを思わせた。

それからマリアンナはアメリカへ発った。一年後休暇で帰って来たときはお祭りのようだった！ 向こうの新しい生活は楽しくて、とても充実しているそうだ。彼女も前にも増してきらきら輝き、より魅力的になっていた。マリアンナは太陽のようだった。年に一度でもいいから私は彼女の日差しでこの老いたる骨を暖めたかった。情けないけれど、他の喜びは私にはなかったんだ。

マルコは以前のまま何かによって心をかき乱されていて、マリアンナを犠牲にすることでそれから解放されると思ったようだった。だからあのような醜悪な話を作った（絶対に作り話だよ！ ああいうことはあり得ない）。彼はマリアンナに言った。

「あ、そういえば、きょうマンションを出るときにマリアンにばったり会ったんだ。マリアンのことを覚えてるでしょう？　『マリアンナがニューヨークから休暇で帰って来た。これから会いに行くんだけど』と俺が言ったら、彼は『マリアンナって誰？　僕の知っている人？』と答えた。驚いたなぁ」

彼のためか、演技はしたくなかったからか、理由は判然《はっき》りしないけれど、マリアンナは傷ついたことを隠さなかった。何も言わずに、驚きと痛みのあふれる眼差しで、彼の目を見ていた。さすがのペテン師もこれだけ正直な反応は期待していなかったらしい。どもりながら何か説明をし始め、彼女の目を避けながら不器用に弁解していた。

それ以来マルコとはたまにしか話さない。二人とも病気を患ったり、終わりに近い人生を考え直したりしている。彼から電話がかかっても、誰にも必要とされないだの、絵を描き始めても描き終えることがなぜかできないなど嘆くばかりである。彼の日常は、食べて、寝て、次の日は目覚めるかな、と考えるぐらいだそうだ。

マリアンナは休暇を済ませるとまたアメリカへ行って、以来連絡はなかった。

マルコ

墓穴を掘ってしまった……

マリアンナ

あなたが若いひとだったら、年配のひとに羨ましがられる。年配のひとだったら、若者に鬱陶《うっとお》しいと思われる。

健康だったら、病人に羨ましがられる。病人だったら健康なひとに不快と思われる。

楽天家だったら、悲観論者に軽率なひとと軽蔑される。悲観論者だったら、楽天家にパーティーに誘われない。

純潔なひとだったら、罪深いひとに嫌われる。罪深いひとだったら純潔なひとに《あなたのため》だと言われて鞭打たれる。

あなたが誰であろうと、何をしようと、必ずそれを許してくれない誰かがいる。

クリミア発女性専用寝台列車《プラツ・カルト》

夏は決定的に終わった。シンフェローポリ市の中央駅は、冷たい雨に打たれて震えている最後のわずかに残っていた観光客を見送っている。二週間にわたる完全な休息、そろそろ落ち着かなくなり発車が待ち切れない。冷たいかもしれないが、綺麗だけれどとんでもない政治とどとんでもない経済対策によって駄目にされたクリミア半島を離れるのは少しも惜しくない。

もっとも、私は偉そうに言う権利がない。誰のとんでもない経済対策のせいで私は無一文で、プラツ・カルトまで格下げされているのだろう?! みなさん、「プラツ・カルト」はご存じですか? ソ連の寝台列車の三等席で、個室のない、開放式の車両のことだ。コンパートメントも何の仕切りもない車両には寝台が五十余りあり、その中の一台が私の寝床。勿論、より酷い可能性はいつだってある。その一台でさえ確保できなくて、早いもの勝ちで買うために朝早くから列に並ぶことも充分にあり得ることだった。

さて、乗車券を片手に自分のベッド、14番を探して車両の通路を進んでいる私。右側の下の方にあるように祈っている。日中それはテーブルを挟んで二つ向き合った席だ。夜は全部合わせて寝台に変形する。テーブルを食事の時に上の寝台の乗客と共有するが、上の人が降りてこなかったら、下の領土は完全に独り占めができる。通路の向かい側の四台の場合はそういう訳にはいかない。そこは二つの二段ベッドみたいなものであって、コンパートメントの中の寝台と同じ見た目だけれども、車両の残りと隔離されていない。

私のスペースは正に二段ベッドの一つ——列車の進む方向に向いている下の方の寝台だった。そこに辿り着く少し前に、突き出した手に持っていた薄っぺらい紙の乗車券が前にいた男性のリュックサックに引っかかり、片隅が千切れてしまった。大事なデータが書かれている大部分は損傷していなかったためその男性がどこに行ったか注意を払わなかった。でも、払うべきだった。それは決して私が思ったような小事ではなかったから。

そもそも、小事と呼んで済ませられるものはないのではないかと思う。あなたが小事をどう想像しているか分かりませんが、私には点のように見える。そばを通っても気付かない、踏ん付けても気付かない。しかし、一般的に「小事」と言われているものは大体何か大きなものへの扉とか、後でそこに何かを引っ掛ける釘だったり、次の幕で発砲する銃だったりする。

ここで無言で離れる読者もいれば、「哲学者ぶって……」と捨て台詞を残して離れる読者もいるかもしれない。私の狙いも哲学ではないし、結果としても哲学とは程遠い。誰をも引き留めないけれども、一つだけ覚えておいて欲しい——ロシアでは乗った列車の切符を絶対に捨ててはいけない。自分の国に帰るまでしっかりと取っておいてください。初恋の人と観に行った映画のチケットを取っておくセンチメンタルな理由からではなく、警察にロシアに入国してからの全ての交通手段の乗車券を見せろと言われる可能性があるから。一枚たりとも欠けていれば、ロシア連邦のやたらと名前が長い法律違反者として登録され、警察に記録が残る。なぜそんなことを知っているかというと、ある旅の途次、全てのチケットを見せろと言われた時に一枚だけ出て来なくて、警察に記録が残ると言われた経験があるから。幸いに、最後の最後でその切符も見つけた……

さてと、本編に戻る。自分のベッドを見つけて、これから二〇時間ぐらい起居を共にする向かい側の女性に挨拶をした。鞄を荷台に置いて、自分の寝台とテーブルの半分に手荷物を並べると既にワクワクし始めた。私の心を覗くことができたら、多分尻尾を振って目をキラキラさせている犬が見えるだろう。この犬は汽車に乗ることが好き。大好き！　ほとんどの人は飛行機に乗って時間を省くだろう（例えばミンスクとノヴォシビルスクの往復に六日間かかった私の旅は《理解に苦しむ》という顔をする人達）。しかしながら、私はタビをすることが好きだ。A地点から目をつぶってできるだけ速くB地点に到着したいのではなく、外の変わる景色を見ながら列車の揺れる動きと様々な音——車両のギーコギーコ、車輪のガタンガタン——を五感で味わいたい。イドウではなくて、タビ。このような列車だと、他の交通手段ではできない時間の過ごし方ができる。完全に足を延ばして真平になって寝られる。そして横になるのが嫌になったらいくらでもウロウロできる。もう一つ列車の長旅が好きな理由を挙げたい。（これで鉄道への讃美歌を終わらせる、約束です！）私は限りなく自分自身の所有物である——良心の咎めを感じずに何日も横になって本が読めるし、料理を作る義務もない。

軽い震動、一瞬の空《くう》、そして確実な発車。時間通り（列車がいつも遅れるのは我々南スラヴだけのようだ。ここのスラヴ民族は時間厳守である）。私はしばらく外を眺めて、車掌の来訪を待っている。乗車券をチェックしてシーツを渡されれば、私はベッド・メイキングを済ませて新しい本を読み始める予定である。ワクワク！

ロシアの列車の車掌の九割は女性で、大抵はサービス精神に欠けているのだが、今回の車掌は輪を掛けて虫が好かない。オリーブ色の制服を身にまとって、顔の冷たい表情が変わらない——ナチ党の女党員そのもの。それに何としてでもルールを守る、融通の利かないタイプ。守りたいルールは「破いた乗車券は無効である」のようだ。私の乗車券の片隅で、最後の言葉の最後の文字だけが破れているにも拘《かかわ》らず、損傷したのも乗車後（乗車に際し彼女の同僚が私の切符を確認して、ちゃんとしていたから乗せてくれた）にも拘らず、車掌は冷たく私を見て、切符の欠けた部分を見つけるか新しいのを買うか、と言って去った。車内で買う乗車券は駅で買うより高いし、言うまでもなくその一平方センチの紙切れを探し始めた。休暇の終わりでお金がもうほとんど残っていないことと、ぼられることを金輪際許さないという主義で（お金があればまず主義の方を先に挙げただろうけれど）……

黒いリュックサックを持った男性を探す。黒いスーツケース、鞄、リュックサック、袋などたくさんあるのだが、男性は一向に見かけない。《私の》男性は違う車両に行ったか、誰かを見送って降りたのか、ということになる。オレンジ色の紙切れは落ちて床のどこかにあることを祈ってほとんど四つん這いで車両を巡った。他の乗客もすぐ「どうされましたか？」と訊いてくれて、説明するとご自分の寝台の下を見たり、荷物を動かしたりしてくれた。困っているとこの国では大勢の人（いや、みんな！）が助けてくれる。もっとも、車掌と郵便局員の女性には営業時間中に親切な態度を期待してはいけない……

紙切れはついに発見できなかったが、その状況をどう解決すべきか考えなければいけないのに、私はその見知らぬ大勢の女性の優しさにメロメロになっていた。同時に、脳の左の隅っこで嬉しい思いが生まれた。この車両にはどうやら男性は一人もいない。つまり、朝晩の着替えに狭くて濡れたトイレに行く必要がない。自分の寝台で着替えができる。

自分の14番に戻ってみると、向かい側の六十近い綺麗な隣人さんはご自分の上の台の女性と自己紹介をし合っている。私がいない間の状況は想像に難くない――上の同行者の女性はこの夏はどうだったか、お金はいくら使ったか、そしてクリミアの有名なワインを買わずにはいられなかったと語ってくれた。それで――彼女は服の生地とボトルの首が覗いているジッパーの開いた黒いバックを指差して――ポートワインを二本、コニャックを三本、一本のシャンパンと三本のカベルネを買ったそうだ。

「だって、お客さんが来た時に何かを出さなければ、ね？ そして冬は長いし中からも温まらないと、ね？ 私はバツイチで、時々会ったりする男は大して役に立たないから、へ、へ、へ」

彼女は、大きくて青い目が離れている典型的な東スラヴの丸顔を私の方に向けた。

「こんにちは！ 私はターニャで、こちらはタマーラ・ペトロヴナ。ところで、ここの車掌があなたを虐めているんだって？」

私も自己紹介をしてから乗車券の欠けたことを手短かに話した。多分生存競争で勝ちそうに見えなかったからだろうが、ターニャはお喋り好きだけではなく、行動力もふんだんにある（後に彼女の人生について話して貰い、圧倒される）ことを示し、この不公平な扱いから私を守るべく車掌がまた現れた時に厳しく言った。

「一体どういうことですか？　可哀そうな外国の方を放っておいて。あなたが不当な利益を得ようとしていると思われてもおかしくないわよ！」

私は居心地が悪かった。絶対に言い合いになると思った。私がこんなにはっきりと泥棒呼ばわりされたら、怒っただろう。けれども、制服を着たこの女性は他人にいいことをする望みも、取り立てて害をもたらす望みも持っていなかった。初めはそうは見えなかったのに、彼女が声を荒げずに答えたら、別に悪い人ではないことが分かった。

「私にとってロシア人でも外国人でも乗客は皆同じです。乗客はちゃんとした乗車券を持たないといけません。損傷している乗車券は受け付けない。そういう規則です」

しかしターニャは諦めない。何しろ、祖国のイメージがかかっている。ロシア人はホスピタリティーで有名である。

「あなたの上司と話す！」

私だったらまた侮辱された気分になっただろうに、彼女は乾いた声で答えた。

「六号車の先頭にいます」

「行きますよ！」ターニャが命令を下し、私は子犬のようにジャンプして彼女について行く。彼女の熱意は少しずつ私にも移り、このシチュエーションが全体的に楽しくなってきた。

上司は肥満した四十代の男で、親切に聞いてはくれるが、ため息をつきながら車掌と同じことを繰り返す。車掌の女性より感じはいいのだが、規則、規則と鬱陶《うっとう》しい。

ここで言っておきますが、私だって無秩序を支持しているのではありません。国家が正常に機能するためには法律が必要で、それを守らなければいけない。確かに、きちんとすることは時々堅苦しくて、個人の自由の翼を切ってしまったりすることもありますが……そんなものじゃないですか！　特に他人に求める場合には、ね！

この列車が走っている国で「秩序」という言葉にはエキゾチックな響きがある。「愛」が神秘的な現象みたいに皆は言うけれども、どういうものだか本当のところは知らない。他ではともかくこの国では、しかもこのような些事で秩序の説教は受けたくない。イライラし始めたので、私の乗車券が致命的に損傷している訳ではない、と一オクターヴ高い声で説明する。ターニャはというと、その人の良さそうなプクプクの男性に対して声を荒げるどころか、明らかに怒鳴っている。ロシアでは、男性は数の上ばかりでなく、あらゆる意味でより弱い性なので、この人は自分の狭いコンパートメントの隅っこでどんどん小さくなり、最後には文字通り手を上げて降参し、弱々しく言う。

「車掌に大丈夫だと伝えてください。おやすみなさい」

勝利した二人の女は、機嫌よく男のいない車両に戻る。

クリミアの平原に黄昏、そして夜が、そーっと降りてくる。私は寝処を作って着替える。枕元のランプで読めるか確かめる。ほんのりした照明はちょうどいい感じに全てのものに心地良い柔らかみを帯びさせている。しかも瞳を凝らさず本が読める。ツヴェターエワ（マリーナ・ツヴェターエワ、1892～1941、ロシアの詩人、著述家）の著書を大切に、この時間のために取っておいたのだ。やっと彼女の小説に出会える。詩人が書く小説は格別。楽しみ、楽しみ！しかし、このようなところで読書や瞑想といった個人主義を発揮しうるのは極めて非社交的な人だけであるということをターニャが気付かせてくれる。私も元から非社交的ではないし、だったとしてもさっきあれほど親切にして貰った後ではみなさんと交流しない訳にはいかない。私の国のイメージもあることだし。ターニャとタマーラ・ペトロヴナは私がどこから来ているか知りたがっている。

「ブルガリアですか？」

またブルガリア！　いつもブルガリア出身と思われる。なぜ誰も、ダメ元でも、セルビアと言わないのだろう？　それに、セルビアやユーゴスラヴィアが話題になると、大体のロシア人は「我々の共有したソ連時代」と言う。私は再びブレーキを掛けなければならない。我々セルビアには共有したソ連時代がなかったこと、ユーゴスラヴィアはソ連の一部ではなかったことを伝えなければならない。「あ、そうなんですか？」と大体のロシア人は驚く。あれほど巨大な国となると、ユーゴスラヴィア一国が入っても入らなくても市民の帝国感覚に変わりはない。同じスラヴ民族だし……「てっきりワルシャワ条約機構の一員だったと、……」になる。

地理と歴史のレッスンの途中でお湯が沸いたと聞く。各車両の入り口付近にボイラーが設置されている。長旅ではお茶を淹れるお湯がとても大切なトピックスになる。乗客はみんなサンドウィッチやクッキーなど、口の水分を持って行かれる軽食を持っていて、水分補給のため、そして楽しいお付き合いのためにお茶は欠かせない。

私は一番年下でもあるしターニャの好意にお礼の気持ちを表すためにも彼女とタマーラ・ペトロヴナのカップを持ってお湯を汲みに行く。以前はお湯がどうやって沸かされるか特に注意しなかったが、ここはボイラーの下の方で小さな扉が開いていて、炎が見えた。火が見えただけでなくパチパチと音も聞こえて、雪におおわれてよく温まっている家の匂いまでした。床には石炭が入ったバケツが置いてあり、それらもろもろは、一生セントラル・ヒーティングの入った都会のマンションに住んでいる人が知らない牧歌的な田舎の暮らしを連想させてくれた。私は再び心を奪われた。まずは私の切符の一部を探してくれた同乗者の女性たちに、そして今、お湯を石炭で沸かすこの古い列車に。ひょっとしてこの列車自体も顔と腕を真っ黒にした機関士のおかげで動いていたりして！

こういう旅ではすぐに同乗者と食べ物や飲み物を交換するようになる。因みにターニャは、必ずサーロとにんにくを持って移動するという。サーロは肉の部分の少ない塩漬けの豚バラのことだ。見た目はあまり魅力的ではないのだが、お腹が空いて、しかも馬が合う人と一緒にスライスしたにんにくをのせて食べると意外なほど美味しく感じる。実は病みつきになる！

「私はキスの予定はないからガツガツにんにくを食べるよ！　あなた達は好きにしてね」ターニャがいたずらっぽく言った。

私はピロシキで貢献した。海辺で借りた部屋の大家さんがピロシキを大量に作って観光客に売っていた。それが上等で冷えても美味しかったから、キエフまでのつもりで多めに買っておいたのだ。デザートはタマーラ・ペトロヴナが出してくれたバター入りのクッキーだった。四角いクッキーに「ボルシェビキ」と刻まれている。キャスケットを被ったあの背の低い男（レーニン）を連想させる会社にしては、実に世界レベルの美味しさだった。

「ユーゴスラヴィアの方ですね……」とタマーラ・ペトロヴナが懐かしそうな笑顔を浮かべて言った「あんなに良い国だったのに、なぜ崩壊したのでしょう？　私は一九七二年に民族舞踊の団体と一緒にほぼユーゴスラヴィア全土でツアーをしました。サラエヴォでは、もう少しで残ることになったのよ！　二十歳ちょっとの女の子はとんでもないことをしでかすものよ！　実行はしなかったけど、知り合って数日しか経っていない人と結婚することを丸一日真剣に考えたわ……」

タマーラ・ペトロヴナは窓の外を見て何度か大きく息を吸った。ターニャと私は話の続きかなと思ったのだが、古い出来事で錆びてきた思い出にぴったりの言葉を見つけることが難しいからか、プライベートなことを容易く他人《たやすひと》に話せない人なのか、短いサラエヴォのロマンスの詳細は聞くことができないようだった。

しかし、列車は不思議なところだ。最も親しい人にさえ打ち明けない不安、過ち、恥といったことを赤の他人に話せるところだ。旅の車中では、それら言い辛いストーリーが言葉になるや否や機関車の蒸気のようにすーっと空気に溶けてしまう。どうやらターニャはそんなことにも精通しているようだった——私が《自慢のようだけど、セルビアの男はかっこいい》と言いかけたけれど何だか言いづらくてやめたのに、彼女は遠慮なく訊いた。

「で、どうしました？　後で後悔したでしょう！」

「いぃぃいえ、そんなこと……ないわ」タマーラ・ペトロヴナは弱々しく否定した「むしろ実行していたら、後悔したことでしょう。だって、知り合って数日で結婚するの？　しかも外国で。違う文化、民族、風習……。それに国ではセリョージャが待っていてくれた訳で、暗黙の約束があったのよ……。彼は背が高くて目と髪の黒いネナド……そう、ネナドって名前だったわ。民族紛争前のことですからね、どの民族かなんて考えなかったわ。だから彼がセルビア人だったのか、クロアチア人あるいはムスリムだったのか知りません。でも、女性に言い寄るのが世界一繊細だったことは確か……え、と……セリョージャはネナドほどかっこよくなかったわ。でも……分かりませんね、あのようなカサノヴァと一緒になっていたら、未来がどうなるか……。セリョージャのことは良く知っていて、彼となら悪いサプライズはないだろうと思ったのよ……」

文章の最後で出そうで出なかった「けれど」は、その結婚ではいいサプライズも少なかったことをはっきりと語っていた。ターニャは全てをはっきりさせる性格のようだった。

「ほらきた！　アル中でしょう」

「セリョージャは四年前に亡くなったわ。ええ、かなり飲んで……それで命を落としたとも言えるわね。でも悪い人ではなかったのよ。お給料のほとんど全額をうちに入れてましたし、いい父親でした。良くできた娘がいて、今は孫も生まれているの。何と言えばいいんでしょう……ありふれた結婚。と言うより、いい方の結婚だったと思うわ。二人の娘を育てて、教育も与えて嫁がせました。そういうことが結婚の成功と言っていいんじゃありません？私達二人がどうだったか……別に、いいじゃないですか？　周りのカップル並み……」

――不幸より辛いのは、その不幸故に言い訳をしたり、他の人、そして何より自分（！）

から見て完全な負け犬にならないように敗北を勝利に見せかけたり、ちょっとした短い幸福にも他人《ひと》には訪れない神の加護を見出したり、あるいはその不幸に普遍性を与えたりすることである。更に酷いのは、その思考と感情のあがきが誰一人をも騙せない時である。

「初めはアル中と呼べるほど飲んではいなかったの。深刻な問題になった時にはもう子供もいたし、私は仕事も辞めていたし……、彼は飲んではいたけど家庭で必要なものは、まあまあ買ってくれていたの。勿論がっかりはしたわ。でも彼を捨てるなんて考えもしなかった。周りもほとんど同じ生活をしていたから、あ、こんなものね、自分の結婚は普通だわと思ったのよ。そうなると自分の選択が間違っていたとか、自分だけ運が悪いと嘆くんじゃなくて、人生には薔薇よりとげが多いってがっかりするだけ。そのうち慣れるわ。肝心なのは、何より、子供達が元気でいることよ」

「そして神様が解放してくれるまで我慢したのね！　まぁ、忍耐強い人だこと。あたしは自分で解放したわよ」ターニャは手でバシッと自分の太ももを叩いた「十一年間の拷問の末追い出しちゃった、アイツを。後悔はしてる——もっと前にやるべきだったって！　ヤツはまず自分の給料だけを飲んでたんだけど、そのうちあたしの少ない稼ぎにも手を出しやがった。子供が成長して色々与えるべきだったのに、日々貧しくなっていった。ある時結構いい給料の仕事のオファーがきたんだけど、ヤツは偉ぶって断ってしまった。元店長が成金社長のドライバーをやるなんて格下げだ、嫌だと言って断っちゃった。信じられる?! 私がポーランドに何十キロもの商品を運んで市場で売るのは格下げだとヤツは思わなかった。卵巣に持病のある私が冬に蚤の市の冷たいコンクリートで立ちっぱなしでいることをヤツは全く気に留めなかった。一生分寒い思いをしたわ。思い出す度にイライラしちゃう! 飲まなきゃ! われわれの出会いに乾杯。クリミアのコニャックはいかが?」

乾杯をする。出会ったことに、健康に、そしてこの国ではいつも三番目にするように、愛に。ロシアの男は飲んべいだと文句を言いながら。

「それからね、何人かの友達にこのコスメ会社を勧めて貰って」ターニャはメインの話に移った「訪問販売の会社で、日々大きくなっているから売子を募集しているって。働いただけ稼げるっていうからやってみようと思って、失うものは何もないしね。バカ亭主が鼻で笑って、アホ呼ばわりした。一般市民は貧しくて必需品も買えないのに、チークとかマニキュアなんか買うもんかって。でもね、ヤツはロシアの女がこれっぽっちも分かってない。彼だけじゃない——大体の男は分かりっこない。ロシアの女は食べ物で節約しても、体をお手入れしてメークする。そのおかげで私は三年で息子と自分に小さいアパートを購入して、あの駄目男を捨てた。この国の男は私達のマニキュアした爪一枚にも及ばない! 近づかせるべきではない。もしまた結婚したくなったら、ユーゴスラヴィアに行ってタマーラ・ペトロヴナの過ちを正す。笑わないでよ！　本当にそうするわ。ロシア女性とユーゴスラヴィア男性、いいコンビじゃない？　ＮＡＴＯがセルビアを空爆した時にロシア非常事態省が何機もの飛行機を出して、向こうで嫁いでる女性を避難させたじゃない？　逆だったら、セルビアは市民を避難させる必要がないでしょうね。だって、いないでしょ、ロシアの男と結婚するセルビアの女性。少なくとも私は、聞いたことがない。ロシア男と結婚しなくても、自国の男は目も髪も黒くてかっこいいし、言い寄ることが得意だし、ハ、ハ、ハ」

私はその直前までセルビアの男性のことで幼稚な愛国心を抱いていたが、ターニャの絶讃を聞かされて、金髪で目が青いアントン、マキシム、セルゲイ達が可愛そうになり、天秤の彼らの方のお皿に重りを置きたくなった。私の近所には遥々サハリンから来た美しいラリサさんがいて、仕事をしないで人生を楽しんでいる旦那の代わりに家族を養って、普段男性がやることまで全部こなしている、と話した。それでも《セルビア男子万歳》のムードは損なわれなかった。

列車は速度を落とし、チェルニーヒウに停車しようとした。ターニャはワクワクし、スニーカーを履いてお財布を持つ。

「教えてあげるけど、チェルニーヒウは果物とガラス製品を買うチャンスよ。私は去年シャンデリアを安く買った。でもプラットホームに降りた方がいい。電車に入って来る人のは高いから」

タマーラ・ペトロヴナと私は買い物をするつもりはなかったので列車に残り、停車中の二〇分は断り続けた。まずは手作りの毛糸のショールを売っている老婆の気持ちを傷つけないように、優しく。自分のリンゴとプラムは無農薬だと言い張るけれど嘘くさい男性には、きっぱりと。ガラス製の飾りの仲買人には、私達の旅はこれからまだまだ長いから割れるのが恐いから申し訳ないのですが買えませんと。彼らはそれでも買え買えと鬱陶しいから、買わないよ！　と交渉の余地のないように断った。それでも売ろうとするから、こんな醜い白鳥は見たこともない、ただでもいらない！　とデリカシーを捨てて追い出した。

プラットホームから笛の音が聞こえ、現地の商売人たちは急いで降りる。列車が動き出してから息を切らしてターニャが戻った。片手にリンゴがもりもり入っているバケツ、もう片手で三つのメロンを持っていた。

「リンゴは車内でいくらで売ってた？」

「十一フリーヴニャ」

「へ、へ、私は九フリーヴニャで買った！　メロンもすんごく安い。海辺で売ってるのの半値だよ。うちのミーシュカは喜ぶぞ、メロンが大好物」

私は反射的に一番上の荷台を見上げる。びっしり、ターニャ一人の荷物で埋め尽くされている。どうやって列車まで持って来たのか想像もできない。それら全てとリンゴのバケツに三つのメロン、どうやって持ち帰るのだろう。ミーシュカが迎えに来てくれることは疑わないが、ミーシュカだって腕は二本しかない。

「さぁてと、いい買い物に乾杯！　今度はポートワインでどぅお？」答えを待たないターニャはコルクを抜いて注いでくれる「汽車にして正解だっただろう？　でなけりゃ、会えなかったじゃない？　もう一度出会いに乾杯！　これからもこんなにいい人たちに巡り合えますように！」

目をキラキラさせ、坐っていてもターニャは全身が動いている。類まれな人。タマーラ・ペトロヴナと私はほろ酔いと夜も遅くなってきたこともあって眠くなっているのに、ターニャはもし列車にディスコ車両があったら、行こう！　と言い出すこと請け合いだ。エネルギーの爆弾である。不幸な結婚生活や自国の暗い経済の見通しで悩んでいることなど想像もできない。編み物をしたり偏頭痛で二日も寝込む姿も、どうしてもターニャとは重ならない。彼女のような人は風邪もひかないのではないかと思うぐらいだ。病気や失敗などの可能性について考えることは時間の無駄だと見なしているのだろう。《今》をフルに生きて夜はその日なしとげたことに満足し、次の日に克服するゴールを設定して良く寝る。彼女みたいなエネルギッシュな人に比べると、他の人々がノロノロで生ぬるく見える。ご主人を《首》にしたのも驚かない。息子さんも付いて行くのにさぞ苦労していることだろう……

　ディスコはないのだが、新しい同行者が乗ってきた。私が望んでいた夜は寝台になる二つの向き合った椅子の所に四十代前半の女性が来て「こんばんは」と言ってシーツを付け始めた。

「お、増えたぞ！」ターニャはボトルを手に新人さんに近付こうと通路側に移る「ようこそ、お入りください。そうしたら皆でキエフまでの時間をより楽しく過ごせます。私はターニャ、こちらはタマーラ・ペトロヴナ、そしてこの方は、何とセルビアから来ているのよ。今度はあなたが自己紹介する番。それとカップも出してね、この美味しいポートワインで出会いに乾杯しましょう」

「お気持ちは嬉しいのですが、私はお酒を……」

「一口で酔っぱらうこともないでしょ。気持ち良く寝るだけ」ターニャの笑顔とすぐ注げるように伸ばした腕は新人さんにカップを探させる。

「はい、すみません。すぐ出します。あった……あ、違う。ここにあったはずなのに。すみません……慌てて荷造りをしたんで……お、出た」新しい隣人さんは通路の上で細い腕を伸ばす。

「さぁぁ……」一同のリーダーは気前よく注ぐ「でもお名前をまだ……」

「あ、そうですね、すみません、カップを探してたら……でも、あなたが親切に分けてくださったワインを全部飲んだら、私はキエフまで自己紹介ができなくなります。で、私はイリーナで、女性グループの皆さんの暖かい歓迎に感謝します」

新人さんは関係したくないような、質問にも《すみません》と《ごめんなさい》しか言わない人に見えたのに、実は社交的だと分かって私も嬉しかった。私が思ったことをターニャが言わないでいる訳がない。

「イリーナさん、あなたお名前を言う前に三回も《すみません》と口にしましたよ。駄目よそれ。ご両親の躾がいいんでしょうけど、罪悪感も一緒に植え付けられたんじゃなぁい。当たってる?」

イリーナは青い目を大きく見開いた。夜中にワインをふるまって精神分析までする女性は一体何者かと訝《いぶか》しんで「当たってる?」と言われた時に、喫驚《びっくり》して間をあけた瞬《また》きをした。子供と遊んで、顔にふっと息を吹きかけた時のように。思わず四人ともどっと吹き出した。

「怖がることないわよ! あなたの為に言ってるの。さ、みなさん、カップを出して。女性の勇気と自立に乾杯!」

また飲む。微かに酔っているのに、一人も断らずに飲む。一気飲みではなく、ちびちびと、一口ごとに唇を舐めて——甘くて美味しいワインの一滴も無駄にしたくない。

「ターニャさん、あなたはカウンセラーか何かですね？」イリーナは明らかにリラックスしてきている。

「アマチュアのカウンセラー、かな。あるアメリカのコスメ会社の訪問販売をしているの。仕事がら人、お客さんと関わるから定期的に心理学の講義を受けてね、それで、ま、人の心理についての基礎知識がある訳。何ですって？　この会社を知らない？　とてもいい製品を作っているのよ。ちょうど今、あなたの目に合うシャドウと、それから多分使っていると思うパールがかったピンク色のマニキュアを持っているわ。見てみてね」ターニャは休暇中も、真夜中でもバリバリのセールス・ウーマンである。

「あ、結構です、私はあまり……」イリーナは爪を短く切った細い手を振る「メークは滅多にしないし、マニキュアはまず塗らないの。二枚爪にもなりやすいし……」

「それだったら、爪の手入れ用クリームがお勧め。あたしも自分で試して、満足したから、あなたにもいいと思うわ。使い始めてから、ほら見て、完璧でしょう？　洗い物の時にはグローブを使ってるけどね。でも本当にこの会社との出会いで私は生まれ変わったのよ！　体全体の手入れを学んで、美貌は二十代でおしまいじゃないことも教えて貰った。ね、イリーナ、取って。このチューブ一つで半年は持つのよ、毎日使ったら絶対に良くなるわ」

「あら、ごめんなさい……お金があまりなくて、また今度……。休暇中考えなしに使ったら、予算オーバーになっちゃって」悪いな、という顔つきでイリーナは断った。彼女はこの親切なターニャに対しても悪いし、帰ってから家族と遠い親戚に対してもきっと悪い、そしてこの夏はどこにも行かないで過ごした同僚と近所の人に対しても罪悪感を抱くのだろう。

「また謝ってる！」ターニャは厳しい口調風に言うと、クリームのチューブをイリーナのカップの横に置いた「これはテスター、買わせようって訳じゃないのよ」

イリーナは決まり悪そうに額から邪魔にもなっていない髪をはらおうとする。

「何と言えば……悪いですね、ただで貰うなんて。本当に？　では、お言葉に甘えて、ありがとうございます。でもターニャさん、こうしましょう！　電話番号と住所をお教えしますから、キエフにいらしたら是非ご連絡ください。町もお見せして、ブルガーコフ博物館にもご案内します。私の職場なんです。あっ、でも強制でも何でもないんですよ。もしご興味がありましたら、私がお礼として、喜んでガイドを……」

ブルガーコフの名前がでたとたん、タマーラ・ペトロヴナと私は眠けが覚めたけど、ターニャは博物館に行くつもりはないようだった。

「気持ちは嬉しいけど、ブルガーコフとか何とかは私向きじゃないわね。『巨匠とマルガリータ』は二回も読み始めたのに、な～んにもわかんなかった。私はね、本を手に取って最初の二、三ページで引き付けられなければやめちゃうの。時間が勿体ない。でも私達のセルビアの友達はキエフで降りるから、彼女を連れてってあげたら？」

「勿論、喜んで」イリーナはその驚いた子供のような目を私に移した「ミハイル・ブルガーコフのことはご存じ？」

《ちょっと！　ブルンジから来ている訳ではないのよ》と言いたかったが、ブルンジの人たちに悪いと思ってやめる。《セルビア人は「神の民族」って知りませんか？　ドイツなどの宮廷で素手で食べていた中世の時代にセルビアではナイフとフォークを使っていたことも知らないでしょうね？》もやめて、簡単に「国の教育制度は完璧ではないかもしれませんが、幅広い知識を提供してくれますよ」と答える。

イリーナの大きい目はより大きくなった。彼女は頭を振り、細い腕を痩せている胸に当てて謝り始める。

「申し訳ありません！　失礼なことを言ってしまいました。嫌だな、時々馬鹿なことをぽろっと言ってしまうんですよ。でも、今のことは最近知り合ったアメリカ人を連想して、彼らはミハイル・ブルガーコフの名前を聞いたことがないと言うので驚いたんです。でも作品を読まれた方、作家のことに興味がある方には私達の博物館は宝箱です。ガイドはみんなブルガーコフをテーマに修士号か博士号をとっています。うちでソヴィエトのレジームとの関係について、かの有名なスターリン宛ての手紙について、細かく知ることができます。そして一時期薬物依存になっていたことも丁寧に……あら、また熱弁を！　ブルガーコフの話になると、私は止まれないの。そこまでの興味はないでしょうね……」

美しくて興味深い女性。でも、自分が美しいということも興味深い存在であることも気づいてないらしい。ターニャは正しい——多分小さい頃から慎み深く、勤勉で立ち居振る舞いで目立たないように、スカートは膝下、髪は結ぶ、そんな風に言われ続けてきたのだろう。こんなに詳しく私の好きな作家のことを知っている人の話、私は朝まで聴けるけど、ターニャとタマーラ・ペトロヴナはウトウトしはじめたので、私たちも電気を消す。三〇人の眠れる美女を乗せた車両は真っ暗になった。

寝台は充分には広くないし長くもない、そして充分柔らかくもない。でも、なぜかいつも心地よく熟睡できる。閉じた瞼の闇から急に蛍火のような思いが現れる——《生きるって、素晴らしい》——そして、それがどういうことか分かる前に火は消え、再び暗闇になる。列車の揺れは裏漉器《うらごし》のように、見たもの、経験したこと、思ったこと、言ったことを濾過《ろか》して、それら全部をどこか——無意識、失念——へ落として、網の上はきれいさっぱりとなる。そこは夢の神モルフェウスの領域だ。

朝、目を開けたら、視界は見知らぬ女性の顔で埋め尽くされていた。

「違う。今起きたみたい」とその女性は誰かに言う。それから私にも話しかける。

「おはようございます。私が起こしてしまったようで、すみません」

私は坐って、周りを見る。車内には紅茶コーヒーそして食べ物の匂いが漂っている。ターニャとタマーラ・ペトロヴナも既に寝衣を着替えてシーツを畳み、朝食の支度にかかっている。

「一〇時まで寝るなんて、言語道断！」ターニャは叱るふりをする。

「私が悪いんです。ブルガーコフの話を始めると止まらなくて……」イリーナはすぐ自分のせいにする。

タマーラ・ペトロヴナは笑う。

「若いからいくらでも寝られるのよ。私の歳になったら日の出と共に目が覚めてしまうわ。あまり嬉しい話じゃないわよね」

「はいはい、そこで突っ立ってないで、カップとお湯を持ってきて、ほら、早く。いいインスタントコーヒーを持ってるのよ」ターニャはこの新しい女性を招待する。アメリカのコンスメ会社に勤める前は、ソ連軍の司令官だったみたい。

私も《ベッド》を片付けて顔を洗いに行き、戻って着替えた。寝台の傍で、遠慮なく。他の同乗者もきっと同じことを思っただろう——この車両には男性が一人もいなくていいね。

ターニャと新しい娘はターニャの寝台に坐ってアメリカのコスメ商品を見て話している。タマーラ・ペトロヴナとイリーナはキエフの今昔や有名な「キエフスキー」ケーキ、子供のことなど話している。雨のせいか私はなかなかはっきりと目覚めない。コーヒーを飲みながらゆっくりしたいので、四人に話し相手があって嬉しい。あと二日で帰宅、久しぶりにトルココーヒーを淹れられる。その前、あと二時間で途中下車するキエフに到着——車掌が新しい乗車券を買わせようとしたコントロールを別にすれば、この旅もまたいい思い出だ。

その《別》が頭を過《よ》ぎった時、あの車掌と二人の大きな男が現れた。男性は背広を着て、胸元に写真付きのプラスチック製カードを付けている。三人は私の寝台の側を通り、車掌は私に目もくれなかった。

「今のはコントロールでしたよね？　私の欠けた切符には全く興味がないようで……」

「あ、そうだ！」新参の女性が叫んだ「私はそれを知らせようとしたのに、化粧品を見てすっかり忘れてた！　つまりね、乗車券のことはもう心配しなくてもいいの。今朝車掌さんが掃除をしていて、寝台の下から切れはしを見つけてポケットに入れたの」

つまらないことでとやかく言われなくて済むとほっとしたが、車掌の態度が分からなかった——見つけたんなら、教えてくれてもいいじゃない?!

新参の女性のシェアした情報。名前、エルヴィラ。年齢、二十七歳。結婚歴、未婚、現在もそして未来も変えるつもりはないとのこと。

「どうして？」タマーラ・ペトロヴナが訊いた。

「結婚の制度が根本的に間違っていると思うから。偽りと犠牲がなければ、結婚は続かないでしょ。だったら踏み込みたくもない。何しろ、女性は《家内》であり、料理と洗濯を期待する旦那の召使を務めて五十で百歳の疲れを感じるのはご免よ。母と彼女の三人の主人達を見てきましたもの、結構です！」

「あら、フェミニズム！」わいせつ行為でも捕まえたかのようにターニャが声を上げた。

「そうですよ。何かいけません？　女性はみんな少しぐらいフェミニストであるべきだと思います……」エルヴィラは熱狂的な演説を続けているのだが、私にはその声が段々遠くなり、仕舞には二重のドアの向こうからの如く微かにしか聞こえなくなる。

私にも少しはフェミニストの要素があるかしら？　私達は結婚式で交わした約束通り長続きできるかな？　ときめきの時期が過ぎれば、それをお互いに認め、公平に離婚して、次にドキドキさせてくれる相手を探すのかな？　あるいは子供と孫を迎え、彼らの誕生会に笑顔で写真を撮ったりして、八十代になったらもうその猿芝居はご免だと最初の列車に乗り込んでどこか田舎の駅舎でトルストイのように相手を許さないで死ぬの？　次々と恐ろしい想念に襲われ、答えは何一つ思いつかない。《答えなんかないよ！》心の中で自分を叱咤し《どうなるかは誰も分からない、無駄な予想をする暇があったら徹底的に「今」を生きろ》と激励する。

縁があってこのユニークな旅に恵まれた。開放的か保守的か、私がどちら側により近いか判断するいい機会だ。保守的と言っても夫の足を洗ってあげることは意味しない。足は洗わなくても靴下は洗濯してあげる。洗濯機は私の服を洗って、そこに彼の服も入れておしまい。自分の服のアイロンを掛ける時に彼のワイシャツなども掛けておく。それで私のインテリ性や尊厳が損なわれる？　夫は結構料理をする。勿論、二人分！　掃除機だって頼めば、自分の部屋だけでなく家全体に掛けてくれる。今時の男性はそれぐらい平気！

一体今の時代、女性の解放というのは何を意味しているのだろう？　仕事をして、経済的に男性に依存しないこと？　ほとんどの国で今や当然のこと。それにそれは必ずしも彼女の夢がかなった、人生で成功を収めたということを意味してはいない。女性だってみんな同じではない。それぞれ違うゴールを目差しているから、女性解放は諸刃の剣だと思う。能力のある女性が大きな会社のトップになることはいいけれど、一昔前のソ連みたいに男性と肩を並べて鉄道を作ったり、マイナス二〇度の通りで氷を割ったりする話を思い出すと、とても「女性解放万歳」とは言えない。力仕事は男性の役割でいい。彼らはより力強い性である。でも同時に男性は永遠の子供でもある。初めはミニカーで遊び、大きくなるとジープとベンツで遊ぶ。子供の西部劇ごっこは最強のカウボーイとインディアンの酋長の座を争い、大きくなったら会社や政党などの《酋長》になろうとする。我が子のビー玉が一番強くて、うちに帰って自慢げに話す。ある時は大きい子にデコピンされ泣いて帰って来る。そんな時には黙って聞いてあげて、抱っこしてあげるのがいい。でも男性に、同じことを期待するのは違う！　彼らは火星から来ているから火星人のように訳の分からないことをするなどと驚いたり怒ったりしてはいけない。権利はともかく、精神の面で男女平等云々にこだわる女性は必ず壁にぶつかる。女と男、どれだけ違うか早く理解した方がいい。私は既にそれを承知し、人生に成功する保証付……な～んちゃって、ハ、ハ、ハ！　でもこれではフェミニストは私を同盟に参加させてくれない……と、列車がキエフ駅にゆっくり滑り込もうとしている時に結論した。

お世話になった同乗者にお礼を言い、イリーナさんとブルガーコフ博物館で待ち合わせの約束をして早々に下車した。シャワーが待ち遠しい。鞄は重いけれど何とか持っている。ある若い男性が「お持ちしましょうか」と言ってくれたが、私は一刻も早くホテルに着きたいので「ありがとう。でも大丈夫」と答えてスタスタと歩き続けた。稼ぎたいのにチャンスを逃したからか、下心がないのに冷たく断られたからか、後ろから聞こえた。

「フェミニストめ！」

あとがき

「イギリス人は故意に別れの言葉を告げずスーッと帰り、ユダヤ人は延々と別れを告げながら帰らない」ロシアの人々が冗談めかして言う小噺です。反ユダヤ主義とは関係ありません。主にユダヤ系ロシア人が自虐的に言っています。私は100%セルビア人なのになぜかユダヤ人のように帰れない。というのは、二〇〇頁近くを書いてもう充分《帰って》もいい筈なのに、私は「あとがき」も書きたくてまだ《います》。

あとがきに何かこれといった必要不可欠なものがあるかと言えば、ない。フェミニズムについて言いたいことを言いました（「クリミア発女性専用寝台列車」）。言葉遣いについて言いたいことを言いました（「繊細な男」）。忙しすぎる現代の女性を滑稽に描きたくて「ピカソで夕食を」を書きました。一冊の本には充分でしょう。しかしそれでも、私は何かを書き足さないとかゆみが収まらない。

前作『東京まで、セルビア』は日本での初めての出版で、「あとがき」には自己紹介の意味がありました。それで？　今回は？

　今回の短篇はみんな大分前に書いたものです。一番新しい「ピカソ……」でも二年前になります。読者の皆さんと同じ時間と空間にいながら、皆さんがもうとっくに消えた星から遅れてくる光を見ているのを黙って放っておかなければならない。それができる著者もいれば、できない性格の著者もいます。私です。

　もの（映画、本、彫刻、曲……）を創造して世界に送り出せば、もう作者のものではないと言われます。多くの作者はそれで納得ができています。私もほとんど賛成ですが「もう作者だけのものではない」と思っています。つまり、私は自分の作品を完全には手放したくないのです。


　出版社未知谷を教えてくれた木戸泉さんは、私のセルビア語の生徒さんでもあります。「あとがき」で、既に提示した作品を手離したくない作者の吝嗇について書いてはどうですか、と助言してくれました。作品を発表してから身を引く・引かないについて確かに私は何度か話したことがあって、その話題になるとブランカ節が止まらない、と二人で笑いました。この際、考えていることを紙の上にまとめたいと思います。

　これから書こうと思っていることのきっかけは泉さんと話したある詩人のことです。大勢の作者の作品を集めたアンソロジーで、作品のあとに詩人の紹介とそのコメントがありました。一人だけコメントを断った詩人がありました。私の好きな詩人で、詩作品は楽しみましたが、コメントがあれば作品の理解がより深まったのに、と少し残念でした。せっかくの機会なのに、もったいないと思ったのです。作者からの一言があれば、気付かなかったことに気付いたり、勘違いした解釈を正したり……、私の読者体験に今まで数多くありました。作者より作品を知る人がいることはあり得ない！

——それは、もしかして、読者を信用していないということですか、と反論されたことがあります。

——決してその類いのことではありません！　実際立派な読者に恵まれています。拙作『東京まで、セルビア』の批評を読んだ時に涙が出るほど感動しました！　素晴らしく多面的に、隅々まで読んで頂きました。作者として、これ以上の幸せはない、としか言いようがないのです。作者の助けなどなくてもちゃんと読む方は読んで下さいます。

それでもなぜ詩人のコメントがなかった時にがっかりしたのか、ということに戻ります。プラスαがなかったことよりも、関係を断たれたという思いに失望したのです。作品を通して著者と読者（あるいは作者と鑑賞者）は交流します。人に訴えたいことがあるから本を書いたり、映画を撮ったり、絵画を描いたりするのでしょう？　《いいえ、自分のためです》とよく耳にします。ごめんなさい、信じません。カフカのような数少ない例外を除けば、大体の芸術作品は著者が誰かに見せることで世の中に出ています。自分のために書いた小説は出版社に持って行かないでしょう。持って行ったら、それは他人様《ひとさま》に届けたい充分な証拠。自己満足のステージを超えています。

出版された小説は著者と読者の出会いの場です。読者の側がより知りたいと言うのに、「解釈はお好きにどうぞ」と言われてしまうと、どうしても「勝手にすれば」と突き離されたように聞こえます。読者は様々な分析をして、色々な意味を読み取り推測することが可能ですが、作者より確かな情報を与えられる人が他にいないからこそ読者が手を差し伸べているのに、それに応えないことはもったいないです。読者としての私は作品を読みながら、登場人物のこのような行為はたまたまなのか、それともより深い意味があるのか？　作者がこの表現に何を託したのか？　この作家にとって文体は手段なのか、目的なのか？　などと考えながら読みますから、逆に読まれる立場となると、同じく真剣に付き合って欲しいのです。(《この忙しい時代に、甘い期待をして……》とあちこちからため息が聞こえてきます)

作者の意図が充分に理解されないことも残念ですが、その逆――熱心な読者の行き過ぎた深読み――も多々起こっています。そういう実体験もしています。それは例えばホームパーティでお客さんに自分の手料理を出して、

「凄く美味しいです！　ま、素晴らしい、隠し味のサフランが効いて……」
《えっ、サフランなんか入れていないのに……》
と教えるべきか、それとも評価は間違っていても、褒められたことを素直に喜ぶべきか、と当惑したような感じです。

勿論、作者がどう努力しようとも、《不足》も《過剰》も無くなりはしません。それでもコミュニケーションを取るべきだと私は主張します。「勝手に読めば」と言われたくないし、言いたくないのです。
「物書きのマニフェスト」とでも言える私の最近の詩を紹介します。

どうして書いているかって？――

聞き分けのないうちの子について書いたら
何人かのママ同士が同情を込めて頷くのが見たい

この肩には重すぎる負担について書いたら

少なくとも三人の人が凝った首を揉み始めるのが見たい

秋、雨の中の散歩と午後四時に暗くなり始める
ことが好きだと書いたら
私みたいな歪んだ精神を持つ何人かが「分かる、分かる！」
と、ニヤッと微笑むのが見たい

チャールズ・ブコウスキーの本を読んで新年を迎えたと書いたら
せめて一人の育ちのいいお嬢さんに
性格と口の悪いチャールズの詩の感想を分かち合いたい
と言ってきて欲しい

《今》にしか興味がない——なぜなら、
これから五回も生まれ変わっても有り余るほど《今》を持っている——
と書いたら、
酸っぱい憐れみがこぼれる声で《永遠》というものもあるのよ、

と言われたくない
他人が末永く《永遠》と云う所で生きても痛くも痒くもない――
私は浅はかなおんなで、目に見える、手の届くもので満足なのだ

何か、何かを書いたら
その《何か》に《何ちゃら主義》ではなく、
似た者がいないかと探して欲しい
「そう！　私もそう思っている」
「そう！　私もそう感じている」
と言われたくて書いているのよ、私は

ところで、今回「あとがき」を書こうと思った最初の動機は別のものでした。「わが老後のマリアンナ」を読んで下さった数人の六十歳以上の男性の方に「六十男を年寄り扱いするのは不適切」と言われました。作品発表当初に私が心配したことは、劫を経た男性の心理描写が適切なものかどうかということでした。何しろ、一日たりとも男性として過ごしたことはありません。それで、次々と「これは僕についての作品だ」と照れ臭そうに言って頂くよ

うになって大いに安心しました。しかしマルコの年齢を超えた、まだまだ若くてお元気な男性が、自分の年齢を老いとは自覚していない感覚を伝えて下さって、自分の至らなさに気付きました。それでお詫びを言わせて頂きたいのです。「わが老後の……」は私が二十五歳の時に書いた作品です。二十五歳の人間からみると、六十年間生きてきた人は――申し訳ありません！――もはや孫の面倒を見ることしかないように映ります。私自身がある年齢に差し掛かってから、それはとんでもない誤解だと気付きました。

もっとも、人生が終わったと本気で思って居られる方もいます。六十歳どころか、四十五歳で「私の女としての人生は終わった。もうおばあさんだ」と深刻に悩んでいる親友もいます。ですから、年齢云々ではなくて、性格のタイプ、個人の心の持ちようの問題だと思います。それでも世の中のマルコ達に不愉快な思いをさせて悪かったです。

このままいくと、近いうちに世の中の若者にお詫びする日も来ます。昔の《まだ》が日に日に《もう》に変わっていきます。でもそれはまた別のテーマ、これから書く小説でまたお会いしましょう！

二〇一七年六月

東京にて　高橋ブランカ

高橋ブランカ（Takahashi Branka）

作家、翻訳家、写真家、舞台女優

1970年旧ユーゴスラヴィア生まれ。1993年ベオグラード大学日本語学科卒業。1995年来日。1998年日本に帰化。1998年～2009年、夫の勤務で在外生活（ベラルーシ、ドイツ、ロシア）。2009年から東京在住。著書「最初の37」（2008年、ロシアで出版）、「月の物語」（2015年、セルビアで出版、クラーリェヴォ作家クラブ賞受賞）、『東京まで、セルビア』（2016年、未知谷）。

クリミア発《はつ》女性《じょせい》専用《せんよう》寝台列車《プラツ・カルト》

二〇一七年七月二十日初版印刷
二〇一七年八月 十 日初版発行

著者 高橋ブランカ
発行者 飯島徹
発行所 未知谷
東京都千代田区猿楽町二 - 五 - 九 〒101-0064
Tel.03-5281-3751 / Fax.03-5281-3752
〔振替〕00130-4-653627
組版 柏木薫
印刷所 ディグ
製本所 難波製本

Publisher Michitani Co. Ltd., Tokyo

ISBN978-4-89642-532-1 C0093

高橋ブランカの仕事

東京まで、セルビア

Srbija do Tokija

セルビア文学の新星
日本語作家としてデビュー

東方正教の国セルビアで
無神論者であること
男性主導の世界で
女流であること
愛すること愛されること
……………
生来の明るさと
民族的ユーモア精神で
人びとの悩みや秘密
死までをも描き尽くす
中短篇４作

208頁2000円

未知谷